宛如蛇蠍

蛇蠍のごとく

向田邦子

Mukouda Kuniko

章蓓蕾 ———————— 譯

向田邦子凝視愛與欲之書・生前最後一年問世作品・繁體中文版首度登場

目錄

推薦序

日常與暗流

連俞涵（作家、演員）

一直覺得向田邦子的散文像紀錄片，一刻刻播放著生活中那些真實且細微的情感。從散文到她的小說，就像是一個拍過紀錄片再轉而拍劇情片的導演，對所有龐大素材和細節有所掌握之後，在說故事時，帶著自己特有的魅力。

從旁觀擷取素材拼貼出觀點的紀錄片，到有故事劇情骨幹，再進行拍攝剪接的劇情片，都透露出某種真實，讓人跟著角色或觀點，進入到這些情節與情感之中。

《宛如蛇蠍》中出現了許多對照。父女之間關於不倫戀情的相互映照，一個是未來式，一個是現在進行式；父親與女兒外遇對象之間的交心，兩個大男人在談話中找到某種劣根性的根本連結；母親與外遇對象妻子則是女人在婚姻中委曲求全，明覺得不對勁卻佯裝沒事逞強。

彼此從他人身上，換位思考，展現了那些近似鄉愿的同理心。

父親指責勾引女兒的不倫對象，但當不倫發生在自己身上，卻按捺不住內心騷動的小蟲，被跟女兒差不多年紀的屬下吸引，這樣的理直氣壯，豈不讓一切更顯荒謬？

每個人心中標準，都在那些不可告人的祕密中，搖擺了起來。

故事就在這陣搖擺中，從一顆小石子投進水中的小漣漪，震盪出愈來愈大的漩渦，把身邊的人，都捲了進去。

看著這個故事，不由地想起了向田邦子自己的人生經歷。她妹妹在她遺物中整理出的書信，也看見了她與有婦之夫的魚雁往返，加上自己的父親外遇。那些無法被訴說，或書寫進散文裡的強烈情感，又該安放進哪裡呢？

一個如此會寫的人，要她不寫，也許才是痛苦的，所以藏一點在虛擬的小說裡，或是放一點在自己寫的劇本裡吧！

演員也總在各式各樣的角色裡，流著自己的淚，不是嗎？

向田邦子在日常散文中，除了吉光片羽的捕捉，更深刻的暗流總是並行其中，所以閱讀她的散文，好像可以從中映照出一點點自己的日常，而又從她寫的這些小說故事中，映照出一點點關於她的真實。

那些壓得不能再低的塵埃，都慢慢地，輕輕被撥開了。人心，是如此深不可測，每個人都擁有自己的暗流，也有很多面向。只是單看，一個人與另一個人之間，又或者一個故事與一篇散文之間，你被投射或映照出，什麼樣屬於你的故事。

對如此喜愛向田邦子如我，常在閱讀她的散文時，驚覺自己跟她彷若有種穿越時空的相似之處，像是熱中於烹飪和手作衣服或帽子，同時跨領域做了許多不同的事情。她除了寫散文、小說還是編劇，我除了演戲也寫作。

在這些瑣碎的日常與看似忙碌的背後，我也不禁思考起，埋藏在我生命中的暗流，會是什麼呢？何時會被翻攪起來？

人生是很難的，在不完美的世界中，我們總想嘗試追尋完美的人生。

唯一可做的，僅僅只是在混沌中墜入向田邦子的世界，感覺自己的飄忽，早已被向田邦子的文字，好好地接住，並輕柔地撫慰了。

宛如蛇蠍

1

男人不論到了幾歲，拈花惹草的願望似乎永遠都不會消失，但若想把願望真正付諸實行的話，卻又是另一回事。年輕時早已身經百戰的情場老手，或許另當別論，而大半輩子都平穩度日的男人，就不可能那麼輕易地陷入情網。一個年歲不小又正經八百的男子陷入自己的性幻想時，旁人看他那種戰戰兢兢、鬼鬼祟祟的模樣，除了可笑之外，實在也想不出其他形容詞……

古田修司就是這類可笑男子當中的一人。

此人今年五十三歲，在東京的澀谷一家中堅鋼鐵公司上班，現已坐上主管的位子，在第二資材部擔任部長。他家位於松濤，是父母留下的老屋，全家共有四人——除了修司以外，還有妻子兼子、二十三歲的女兒鹽子、大學生的兒子阿高。家庭生活算是很平穩的，家家都會出現的小吵小鬧雖然從沒斷過，但到目前為止，也沒有發生過動搖家庭基礎的重大意外。

然而，修司現在卻暗中打著主意，想跟部下宮本睦子來段婚外情。睦子的年齡其實跟他女兒差不多，而他之所以產生遐想，是因為睦子主動來找他商量自己的私事。

睦子今年二十七歲，是個沉默寡言、個性陰暗的女孩，臉蛋倒是長得挺漂亮，卻因為從不化妝，所以臉色看起來很糟，衣著也是低調又土氣，整天坐在打字機前，一語不發地默默打字，老實說，修司以前幾乎從沒注意過她的存在。

但從睦子找他共進晚餐，傾訴私事的那晚起，修司對她的看法改變了。當睦子用她溼潤的雙眼凝視修司，並娓娓道出自己的身世時，修司覺得她簡直變成了另一個女人，跟在辦公室的時候完全不一樣。

睦子家出生在單親家庭，母親體弱多病，原本說好要娶她的男人，最後卻背叛了她。所以睦子打算做到年底辭職，然後到阿姨的酒吧去幫忙。她找修司請教的，就是關於這件事的看法。

修司原本就是為人方正、做事認真的老好人，他專心聆聽著對方傾訴，不知不覺地，心中竟對睦子生出一股愛意。不，也不必說得那麼好聽。其實，根本算不上愛——就是滿腦子都被一種「想跟她睡」的欲望占領了吧。

吃完晚飯，兩人又連跑幾家酒吧，喝了好幾攤，最後才醉醺醺地相互挽著臂膀，漫步在暗夜的路上。修司以前從沒有過這種經驗，這是他出生以來，第一次跟自己的部下一起挽手漫步，而且還是個年輕女孩。眼看睦子緊倚自己的手臂，鼻中不斷呼出溫熱的氣息，修司變得更大膽了，情不自禁地擁住睦子的肩膀。

——現在開口的話，不論天涯海角，她都會跟我去吧？

再過兩個月，睦子就要辭職了。就算今晚發生了什麼，也不會留下後患。這念頭雖然有些卑鄙，卻令修司的膽子變大了。

但可悲的是，他從來都沒有外遇的經驗。儘管機會從天而降，究竟該從哪裡著手，他心裡真是一點概念也沒有。怎樣才能把她帶到旅館去？到了旅館之後，又該怎麼做？最重要的是，愛情旅館究竟要花多少錢？

修司偷偷把手伸進上衣內袋。摸到皮夾時，他不禁嘆了口氣。真是做夢也沒料到自己會遇到這種情況，所以剛才把錢都花在吃飯和喝酒了。現在就連回家的計程車錢，都不知夠不夠呢。

修司暗自嘖了一聲。但是，心底的某個角落卻又同時鬆了口氣。

他懷著複雜的心情把睦子扶上計程車，又從自己所剩不多的錢包裡抽出幾張千元鈔票，塞進睦子手裡。兩人又約好下週再出來幽會，之後，修司便目送汽車逐漸遠去。

車子剛消失在黑暗裡，修司立即使出全身力氣，朝向車站奔去。他感覺身體像鉛球一樣沉重，因為全身長滿贅肉，而且又喝了酒，簡直就像要當場窒息了似的。但儘管如此，他終於趕上最後一班電車。而他這輩子唯一的外遇，也只好以未遂告終。

接下來的一星期，修司每天都處於神不守舍的狀態。他的座位在辦公室靠近內側的位置，睦子的座位則在門口的角落，從他的位子望過去，睦子坐在他的左側。一天當中，他也不知把視線從文件裡抬起多少次，總是在頻頻偷看睦子。那雪白的頸項和胸前，就像在誘惑他似的，不斷閃出妖冶的光芒。

一星期的時間像長了翅膀似的一閃即逝，很快就到了他們第二次約會的日子。這天從一大早起，修司整個心思都不知在想些什麼，根本沒法專心工作。好不容易等到午休時間，他立刻奔向公園大道去挑選餐廳，因為他希望事先選好一間氣氛完美、價錢又不太貴的飯店。但他對年輕女孩的喜好可說是一竅不通，走在路上東張西望，忙了半天，最後才在「巴而可」後面發現一間品味不錯的法式小餐廳。套餐每人定價五千元。他掏出記事本，把店名、電話號碼、套餐的價格記下來。

修司的身材高大，體格魁梧，滿臉嚴謹正直的表情，天生就像擔當重任的大人物。然而，這位大人物現在卻畏首畏尾地縮著身子，一面斜眼偷窺四周，一面彎腰鑽進小巷。接下來，他該去物色愛情旅館了。旅館門口的價目表躍入眼簾，他迅速地瞥了一眼，開始在腦中打起算盤——餐費、計程車費，還有旅館費……

小巷深處有一間不起眼的愛情旅館，外觀有點像普通民宅。修司正想偷看一下旅館內部的景象，誰知店裡有個中年女人竟朝他走了過來。修司裝作不經意地從門口走過，待女人的身影消失在眼前，修司立即猛地轉身，飛快閃進旅館大門，向坐在櫃台裡面的男人說：

「對不起，房間……可以讓我參觀一下嗎？」

修司是個做事謹慎認真的人。不，謹慎認真前面還可以加個「超」字。不論做任何事，他非得小心翼翼地按部就班才能放心。就連搞個外遇，他也不肯隨機行事。

櫃台的男人驚訝地轉臉看著修司。事先跑到愛情旅館來參觀房間的客人，他可從沒見過。不過，客人當中，偶爾也會有些奇特的人物。所以，櫃台的男人雖然暗自苦笑，卻把負責帶路的歐巴桑叫來，並把房間的鑰匙交給了她。修司早已滿臉通紅，緊跟在歐巴桑身後向前走去。

這是他有生以來第一次見識愛情旅館的房間。整面牆上都是鏡子，一直貼到天花板，巨大的雙人床，上面覆蓋著鮮豔耀眼的床罩。幽暗的燈光，還有一台極具分量的電視機……

修司緊張得全身僵硬，卻睜大眼睛仔細觀察屋內每個角落。

「對不起……」他提高了音調說：「這個房間，我想預訂。」

「預訂？」

「今天晚上八點半……喔，不，九點吧。從九點開始……只用兩、三小時就夠了……」

「客人……」

歐巴桑說了一半，不知該如何接下去，只用一雙眼睛把修司上上下下打量了一番。

「這種事，不會事先預訂吧？」

歐巴桑的語氣裡帶著幾分嘲弄。

「啊？喔！是嗎？哈哈哈哈，原來如此，這樣啊？」

說完，修司紅著臉奔出愛情旅館。

回到辦公室之後，修司把餐廳名稱、地圖、電話號碼、見面時間細心地寫在紙條上，然後發出一聲乾咳：「嗯哼。」

「宮本君。」他向睦子喊道。

睦子從座位上站起來，走到修司面前。

「這個，還是把A組和B組分開打字比較好吧？」

「是。」

「這裡……還有這裡，這中間，最好還是分開。」

為了避人耳目，修司故意提高音量說道，同時把那張便條紙悄悄塞在打字紙下面。睦子用雙臂緊緊抱住那疊打字紙，並用火熱的視線望著修司。

「是……」

「那就這樣。」

睦子彎腰行了一禮，走回自己的座位。

「吁！」修司用力吐出一口氣。部下都被那嘆息聲驚得轉過頭來。修司不免狼狽萬分，裝出一本正經的模樣重新開始工作，但抓著鋼筆的手卻在微微顫抖。

——我也太沒出息了。這豈不是我「小人的證據」嗎？

修司不免一陣自嘲，一面用左手摁著正在發抖的右手，一面斜眼望向睦子。只見她朝便條瞥了一眼，正要把紙條收進皮包。

修司的視線轉向窗外。一隻鴿子避開林立的大廈向前飛去。

「部長。」

「……」

「部長，您的電話。」

聽到呼喚，修司這才收回視線，發現大川已站在自己身邊，正用疑惑的表情俯視著自己。修司霎時回到現實世界。

「啊？喔！」

「從府上打來的。」

他接過話筒，聽到妻子兼子的聲音傳來。

「對不起啊。在你上班的時候打電話……」

「幹麼？」

「今晚下班時間……跟平常一樣？」

「……不，今天有個會議。」沒想到自己嘴裡竟然冒出這句話，修司急忙轉眼掃視周圍一圈，然後壓低音量說：「下班之後要去一個地方……」

「有件事……比較緊急，想跟你商量一下。」

修司不知不覺地背向睦子，似乎想用身體把電話聽筒遮住似的。

「……拜託啦。」

兼子的聲音裡帶著幾分逼迫，修司在心底嘖了一聲說：「妳要說的究竟是什麼事？」

「鹽子有點怪。」

「鹽子怎麼了？」

「我到公司去找你。」

「喂……」

「五點半，我會站在你們服務台前面。」

「欸，等我回家再說吧……」

「那就來不及了。我這種要求，一輩子就這一次。拜託啦。」

說完，電話就切斷了。修司露出不悅的表情放下聽筒。

——一輩子就這一回的兩件事，居然碰到一塊兒……我的運氣實在糟透了。

修司嘆了口氣，轉眼望向睦子。睦子面無表情正在打字，好像沒發生任何事似的。

事情得從當天早上說起。將近中午的時候，古田家的電話突然響了起來。

兼子正在起居室專注地練著瑜珈，聽到鈴聲，她很不情願地放鬆冥想姿勢，拿起聽筒。

「這裡是古田家。」

「我們是皇家寢具店。感謝您的惠顧。」

聽筒裡傳來的聲音很陌生。

「喂喂！」

「打電話是想跟您商量一下送貨時間，卡車已經找到了，今晚就能送過去……」

「喂喂！」

「送達時間會晚一點，七點才能送到。」

「我們這裡姓古田喔……」

「啊？」

「我們並沒有買床啊……」

「這就奇怪了。顧客的名字叫做古田鹽子……」

「是我女兒。」

「可是有人用古田鹽子的名字……訂購了一張雙人床……」

「雙人床？」兼子訝異地說：「所以要送到我們家來？」

「是的。要送到公寓那邊。」

怪事！兼子想。這是她的母性直覺。兼子從寢具店那裡追問到公寓的地址，立刻就給丈夫打電話。也就是剛才修司接到的那個令他掃興的電話。

所以說，修司這天只好放棄自己跟睦子的約會。誰又能料到，就在他打算進行這輩子唯一的外遇當晚，妻子竟會跑到公司來……要怪也只能怪自己運氣太差吧。

修司滿臉不悅地領著兼子，走進公司附近的咖啡店。

「什麼事？」

「……」

「到底什麼事啊？妳要說的。」

兼子畏怯地望著丈夫的臉孔說：「……家裡有人買了床。不會是你吧？」

「床？」

「雙人床……」

修司全身立即緊繃起來。這種過度的反應，顯然因為他心裡有鬼。

「妳胡說些什麼呀……」修司吃驚地說：「我……怎、怎麼可能做這種事……」

說到這兒，他突然驚覺，自己跟睦子也只吃過一次飯而已。老婆不可能知道這一段。放心！不用緊張！他在心底告訴自己。

「都這把年紀了，孩子們又在跟前，對吧？更重要的是，我才沒有那種精力呢。妳在亂講些什麼？」

「啊？」

「睡在棉被裡，已經足夠了。真不知妳在講些什麼。蠢貨！」

兼子看到丈夫滿臉慌張，不免感到訝異。

「我也不大敢相信，但照這樣看來，應該是鹽子買的吧。」

修司這才聽懂妻子想要說些什麼。

「究竟怎麼回事？」

「今天突然有人打來電話嘛。」

說著，兼子把寢具店在電話裡轉達的內容告訴了丈夫。

「公寓？」修司疑惑地歪著腦袋。

「港區北青山五之十號。『高島家園』四〇五號。」

「這是怎麼回事？」

「我也不知道啊。」

「給鹽子打個電話……」

「打過了，沒人接啊。據說她去什麼老師家拿稿子，然後就會直接下班。」

修司嘖了一聲。

「那種小出版社就是這麼隨便。那妳給那個什麼老師打個電話吧。」

「……開玩笑。不至於需要這樣吧？」

「嗯……怎麼會跑出一張雙人床？」

夫妻兩人互相看著對方，修司突然靈機一動。

「是那傢伙吧？佐久間！」

「可是啊……」

兼子正要說什麼，修司立刻打斷她說：「鹽子正在交往的那傢伙，叫佐久間吧？不知為何，我就是不喜歡那傢伙。那傢伙也知道我不喜歡他。所以……他就先下手為強。」

「佐久間先生住的公司宿舍在目黑呀。」

「另外新租了公寓吧！」

「沒這種事，我告訴你。」

「妳怎麼知道？」

「我給他打過電話，也隨口問過地址。」

「打給佐久間？」

修司睜大了兩眼。遇到緊要關頭，老婆的行動力永遠都是自己無法相比的。

兼子點點頭說：「他還問我，為什麼提北青山？」

「不是裝傻吧？」

「不像裝傻喔。聽他的聲音，是真的不知道呢。」

「那妳剛才為什麼不早說。害我囉哩囉唆地說了一大堆。」

修司氣呼呼地埋怨道，兼子也冒火了。

「早說，也得輪著我說吧。我是輪到自己才開口的，你自己搶話，還怪別人。」

「如果不是佐久間租的公寓，那為什麼會用鹽子的名字？」

「這個我也問了那家寢具店府上的人，在電話裡。」

「寢具店不必尊稱什麼府上啦。」

「我問他，訂購那張床的顧客是一個人來的，還是兩個人……」

聽到這兒，修司不自覺地把身體傾向前方，問道：「然後呢？」

「他說負責銷售的，是另一個部門的員工。」

修司哼了一聲，兼子也嘆了口氣。

「……好像對方也感覺出哪裡不對勁，所以不肯多說吧。這種事，不是聽說過嗎？有人給小三買了一張床，正要搬進公寓，卻被家裡的大老婆發現了。」

「完全無關吧，跟這件事……」

「或許是把名字借給朋友或『某人』呢……」

兼子似乎非常希望事實就是這樣，但才說了一半，就被修司打斷了。

「為什麼要借用別人的名字？」

「詳情我也不知道啦。但如果不是這樣，豈不是很怪？」

「不要隨便亂猜。」

「那你說，到底怎麼回事？」

「就算地址不一樣，但電話號碼是我們家的，而且還有鹽子的名字，這大概真的是她訂的啊……」說到這兒，修司皺起了眉頭。「她最近有沒有什麼異常？」

「對喔……」兼子發出一聲驚嘆：「啊！」接著又說：「……鑰匙。」

「鑰匙怎樣？」

「她有個我沒看過的鑰匙喔。我問那是什麼？她說是項鍊的墜子。」

「掛在身上的那種？」

「據說現在流行這種東西。那個墜子，是真的鑰匙嗎？」

「妳不是孩子的媽？怎麼連這點小事，還被女兒……」

修司忍不住大吼起來。

「孩子的爸！」

兼子用眼色制止了丈夫。旁邊的客人正在注視這對夫妻。

修司嘆了口氣說：

「反正，不先問問鹽子，就我們自己在這裡猜來猜去，一點頭緒都……」

「六點半，據說他們要在銀座見面呢。佐久間先生和鹽子。」兼子說道。

「混蛋！這種話，剛才就該先說啊。那我們得去問個清楚。」

「可是那張床七點就會送來喔。送到公寓那邊。」

夫妻兩人互相望著對方。

「妳知道鹽子他們約會的地方？」

兼子點點頭。

「那妳到那裡去。」

「……孩子的爸。」

「我到這裡去瞧瞧……」

說著，修司拿起桌上那張寫著公寓地址的紙條。

——雙人床？

修司嘴裡嘀咕著奔出咖啡店。睦子的臉孔早已從他腦中消失得無影無蹤。

兼子目送丈夫離去後，自己也立刻趕往餐廳。

碰上這種黃昏時刻，銀座大道旁的那家餐廳裡，已被剛下班的男女擠得滿滿的。

鹽子跟佐久間大約是從一年前開始交往的。不過，兩人的關係似乎並沒超出普通朋友的程度。至少從鹽子的表現看起來，她並不像愛上了佐久間。兼子和修司都是認識佐久間的，只因女兒帶他到家裡來過幾次。

佐久間晃一，今年二十八歲，是一家二流公司的上班族，身材長得纖細瘦長，一眼就知他是個不可靠的男人。

兼子在店內環視一周，看到佐久間獨自坐在角落的座位裡發呆。他的面前擺著一碗湯，似乎還沒開始喝。佐久間正用兩眼專注地瞪著攤在桌上的信紙。

「……鹽子，還沒來啊？」

兼子很客氣地打聲招呼，佐久間吃驚地抬起頭。

「……伯母。」

「可以打擾一下嗎？」

「請坐。」

兼子在佐久間對面的座位坐下，轉眼望向桌上那碗湯。

「你先開始吃了？她馬上就會來吧？」語氣裡隱藏著些許不滿。說著，兼子轉頭遙望餐廳的入口說：「這孩子向來不遲到的。真抱歉……」

收回視線之後，她的目光停留在桌面的那封信上。

佐久間這才注意到兼子臉上的疑惑。

「鹽子小姐不來了。」佐久間露出陰鬱的表情說。

「啊？」

「只送來了這玩意兒。」說著，他用下巴指向信紙。

「通知你不能來的理由？」

「不……」佐久間把臉轉向一邊說：「不，她希望跟我的交往，到此為止……」

說到這兒，侍者把主菜的肉類料理端來了。但是，看到湯還沒開始喝，不知如何是好，只好呆站一旁。

「請你放在那兒吧。」

佐久間看著兼子打發了侍者之後，臉上露出苦笑。

「碰到這種事，真的吃不下，可又不能白坐……」

「只喝一杯咖啡是不行的啦。」兼子點點頭說：「……你們吵架了嗎？」

「不，比吵架更……怎麼說呢？」佐久間垂頭喪氣，顯得很沮喪。但立刻又像想起什麼似地抬起頭。「您在電話裡提到的北青山，是怎麼回事？」

「沒什麼，只是……有件事，有點納悶。」

兼子專程趕來餐廳，佐久間已從她的行動聞到了某種氣息。

「……鹽子小姐大概有了其他喜歡的對象吧。」

聽了這話，兼子吃驚地看著佐久間。她的表情裡蘊含著一種心中的畏忌被人道破的驚慌。

兼子從寢具店打聽到的公寓名稱叫做「高島家園」。公寓的建築外觀頗為宏偉，但內部卻毫無特色，只是一棟靠外表吸引都市居民的公寓而已。整棟建築共有七層，一樓是大廳，外壁貼滿白色陶磚。每層樓都有一條狹窄的走廊，兩側並列數間附設了廚房與整體衛浴的單間小套房。

修司走到公寓門前停下腳步。一輛卡車停在門外，車身上寫著「皇家寢具」。司機正在駕駛座上聽收音機。

修司氣呼呼地踏進公寓，直登四樓。一踏出電梯門，就看到一張雙人床賴在走廊中央無法動彈。三個男人正在齊聲吆喝，拚命地跟那張床奮鬥，想把它弄進房間。其中兩個年輕人穿著工作服，顯然是搬運工，另外一名穿著鮮豔外套的中年男人，似乎是配送主任或寢具店相關人員。

然而，那床的寬度跟走廊相同，三個人怎麼搬都搬不動。修司焦躁地在一旁等候，好不容易，床頭總算塞進房間。

修司一面看著紙條確認地址，一面正要從那僅有的一點縫隙鑽過去，誰知雙人床突然又退了出來。可能因為方向弄反了吧。修司大吃一驚，趕緊退後，卻沒有站穩，一隻腳被夾在牆壁與雙人床之間。

「哎唷唷。」修司發出一聲慘叫。

身穿鮮豔上衣的男人正用手抬著床尾，他聽到慘叫聲，轉眼望向修司。

「拉一下，拉一下……再拉過去一點。對……好了。拉過去在那邊轉一下……」男人向前方兩人發出命令，然後轉臉對修司說：「啊！你不要站在那兒發呆，也來幫個忙啊。」

看來他似乎以為修司也是配送公司的員工。

「啊？」修司訝異地反問。

「那個床角很難搬進去。來！那裡，幫忙抬一下嘛。」

修司被床擠得貼在牆上，完全看不見男人的臉孔。無奈之下，他只好伸手抬起床角。

「對！抬起來立刻打轉，轉進去……」

男人下達命令，修司按照吩咐，把床角使勁轉向屋內。但他畢竟沒有經驗，體力也嫌不足，床角完全不聽他的使喚。

「哎呀，這樣是沒辦法的。」

「公寓走廊就是這麼窄。只有外觀好看而已。」

前方傳來兩個年輕人的抱怨。

「抱怨也沒用，走廊又不能變寬。」那個穿著鮮豔上衣的男人大聲斥責道。

「乾脆把床豎起來，怎麼樣？」修司說。

男人聳聳肩膀，用手指著天花板說：「這方法也考慮過。可是你看電線，很危險啦……」

「垂下來了？」

「如果沒有那個壁櫥就好了。」

「一般狀況下，把壁櫥設在那個位置，就不合常理。」

「符合常理的世界也會有不合常理的事情。別埋怨了，來搬吧。」

男人似乎是個樂天派，跟他的外表完全不同。

修司不由自主地加入搬床的行列，並跟大家一起發出吆喝：「一！二！」

「哼唷！」他跟那個男人互相應和著使勁抬起床身，雙人床終於移動了。

奮鬥了半天，四個人好不容易才把床搬進房間。

兩名配送工人像是鬆了口氣，一起拉開覆在床上的布料。

「哎唷，流了好多汗。」

面對這段意外的經過，修司仍然感到茫然若失。他從上衣口袋裡掏出手帕，拭去額上的汗水。

身穿鮮豔上衣的男人對他說：「辛苦啦。」說完，伸手在他肩上拍了拍。

「嗯，啊？沒有啦。」

「大家買包菸吧……」

男人從懷裡掏出一張千圓鈔票，塞進修司的口袋。

「啊？」修司露出訝異的表情，把鈔票捏出來說：「你這是幹麼？」

「不多啦。不要掏出來嘛。」男人把修司的手摁回去說：「嗯，你又不是通產省官員，不算賄賂吧。只是想請大家抽支菸罷了。」

聽到這兒，修司突然恍然大悟，原來男人誤以為他是配送公司的員工了。如此說來，這個男人難道就是訂購雙人床的主顧？……也就是說，他就是鹽子的對象？

修司驚訝得說不出話來。

這時，忽聽一陣腳步聲傳來。

接著，又聽到熟悉的聲音——

「抱歉唷。」

只見鹽子的雙手分別提著兩個大包包跑進房裡來。

鹽子並沒看到父親站在門後，一進門，就緊緊抱住男人的脖子，用撒嬌的聲音說：

「找了半天也沒挑到喜歡的，跟理想的實在差太遠……」

說到這兒，她才看到房間裡的修司。鹽子呆住了，整個人都凍僵了似的。

「爸爸……」

「爸爸？」男人一副嚇呆的表情看著修司。

鹽子用力吸了一口氣說：「爸，你怎麼在這裡？」

「妳才怎麼會在這裡呢。」修司的表情十分嚴峻。

「喔，對不起，請在這裡蓋個章，簽名也可以啦。」

一名配送工人說著把文件遞給鹽子，她卻一副失魂落魄的模樣，男人只好從口袋裡掏出鋼筆，在文件上簽了名。

「那就先告辭了。」說完，兩名配送工人一面往外走，一面不斷偷偷地打量鹽子、男人和修司。

剛剛搬進大型雙人床的房間顯得那麼冷清，只有難堪的沉默陪伴著被關在房裡的三個人。

最先開口講話的是修司。

「鹽子，這究竟是怎麼回事？」

鹽子沒有回答，只露出困擾的表情看著男人的臉孔。

「到底怎麼回事？」修司粗聲吼道。

「萬事萬物都有所謂的順序吧。」說著，修司憤怒地瞪了男人一眼，「首先就該介紹說，我現在跟這個人交往、他做的是什麼職業、家庭環境如何，先來『拜見』父母，才是第一步吧？」

「能介紹的話，早就介紹啦。」鹽子低聲回答：「就算我想介紹……也沒辦法啊。」

修司狠狠地瞪著男人說：「多大年紀？」

「……三十八。」

「相差十五歲？」修司皺著眉說：「職業呢？」

「我是插畫家。自己接案畫插圖、題字，還有版面設計。」

「……不是第一次結婚？」

鹽子跟男人不約而同看著對方。

「這次是再婚？」修司又問了一遍。

男人露出進退兩難的表情。

「不……」

修司不解地歪著頭。

「實在很抱歉。」男人說。

「『抱歉』?」修司的嘴巴張得好大，眼皮不斷地連連眨動。

「不瞞您說，我沒辦法結婚。」

「『沒辦法結婚』?」

聽到這個疑問，鹽子和男人再度互相看著對方。

修司瞪大兩眼問：「你有老婆孩子了?」

「是的。」

男人說這句話時，臉上露出難以形容的表情。

修司咕噥道：「有老婆孩子還……」

說完，他伸手握緊拳頭，這時他突然發現手裡抓著千圓鈔票，立刻用力甩在地上。

鹽子睜大了兩眼。

「幹麼?這錢是怎麼回事?」她低聲向男人詢問。

男人用下巴指了指雙人床說：「剛才送來的時候，他幫我們搬床，我毫不懷疑以為他是寢具店主任之類的員工，所以塞給他買菸錢……」

「爸你幫忙搬床了？」

鹽子的臉頰一陣蠕動，嘴裡忍不住發出笑聲，卻又立刻發現修司正在生氣，便趕緊收回笑容，幫父親撿起地上的鈔票。

修司狠心地揮開女兒的手。

「這……這也太小看父母了！」修司一面大嚷一面衝到男人面前。

「你打算怎麼樣！租了這間屋子，還搬來這種東西？」

鹽子鑽進兩人當中，緊緊拉住修司說：「等一下嘛。是我叫他租房子的啦。」

「少幫他說話！」

「不是幫他說話啦。辦公室裡人來人往的，還要接很多電話，所以才想找個安靜的地方好好兒工作……」鹽子一面辯駁，一面早已羞得滿臉通紅。

修司親眼目睹女兒這種糗事，也感到一種無法形容的羞憤。但既然在自己眼前發生了，他也不能坐視不管。

「畫個插圖需要用到床嗎？」修司怒不可遏，大聲斥責說。

「有桌子啊。可是我們那麼相愛，就像需要桌子一樣，也會需要床啊。」

「這種沒品的說話方式，是這個男的教妳的？」

鹽子咬住嘴唇瞪著父親的臉孔。

「你們打算同居？」

「不是，是『走婚』。」

「『走婚』？」

「他也是。」

修司早已說不出話來。他實在太激動了，連連發出粗啞的喘息聲，兩手緊握拳頭，全身不斷哆嗦。

鹽子全身也因為害羞與震撼而在發抖。

她用顫抖的聲音說：「抽、抽支菸吧。」

說著，鹽子窺視父親的表情。

「什麼話……？那是該對父親說的話嗎？」

修司雖然怒聲責罵，卻又把顫抖的手指伸進口袋掏來掏去。

「不用妳說，我也會抽的！」

男人看到修司掏出香菸，也像受到感染似地往口袋掏菸。掏出香菸，用打火機點燃抽起來。

修司嘴裡已經叼著菸，卻找不到打火機，正不知如何是好，男人覺得過意不去，便把手裡的打火機伸過去。修司硬生生地避開了，男人再度伸出打火機，修司正在氣頭上，乾脆把嘴裡的香菸拔出來塞進口袋。不料，手指竟碰到袋裡的打火機。於是重新掏出香菸，叼在嘴裡，點燃了打火機

香菸剛才被他胡亂塞進口袋，早已變得歪七扭八。鹽子覺得那菸看起來跟遭受挫折的父親有點相似。

修司跟男人各懷心思，分別吐出味道苦澀的煙圈。

鹽子找出一個空罐頭，裝了水，放在兩人之間。

「鹽子。」修司向女兒呼喚道：「妳跟他是遊戲？還是認真的？」

「認真的。」

男人一面吸菸，一面來回打量這對父女的臉孔。

修司把視線轉向男人，用手指著他說：「叫什麼名字？」

「石澤。」

「你是遊戲？還是認真的？」

石澤一下子答不出來。

「遊戲？還是認真？」

「遊戲。」

鹽子低聲發出驚呼。但石澤接下來說出一段話，卻讓她閉了嘴。

「我根本沒辦法跟她結婚，所以只能算是遊戲囉。現在既然被爸爸當場抓到，我只好磕頭認罪，向您說聲『非常抱歉』。無奈啊。」

說到這兒，石澤的臉上浮起自嘲的笑容。

「我要是再年輕十歲，肯定狠狠揍你一頓。不，揍一頓才不夠呢！」修司的腦門浮起青筋。「人家還沒出嫁的黃花閨女，你竟膽敢動手，想必你早已做好心理準備了吧。……如果你說：『我是當真的。我愛上你女兒了，不管別人說什麼，我都不會離開她。』如果肯這麼說，那還……」修司說得有點上氣不接下氣，「那還差不多，至少演得還不錯嘛。可是你……這算什麼？才被家長抓到，你就嚇成這樣……」

石澤垂著眼皮，平靜地聆聽修司的怒罵。

修司把菸蒂丟進空罐，轉頭向鹽子催道：「走吧。」

「鹽子！」

「您先回去吧。我們倆還有話要單獨談一下……」

修司站起身來，彷彿被鹽子的視線趕出門去。

「那我在下面等著……」說完，修司走到門邊，卻又想起那張雙人床。他的臉色大變，重新回到兩人身邊。

「爸爸……」

他用手揮開睜大雙眼的鹽子，又把石澤用力推到一旁，然後「咚」的一聲，坐在那張雙人床的正中央，說道：「有話要說的話，你們到走廊去說。」

鹽子瞪了父親一眼，拉起石澤的手走向走廊。「乒！」房門隨著一聲巨響關上了。

獨自留在房中的修司重新舉目打量這個令人掃興的房間。看著看著，他突然發現自己正坐在雙人床上。這張床可是女兒與男友為了偷情才買的。他突然感到一種無法忍受的噁心，立刻從床上彈起來。修司走到窗邊，眺望窗外的風景，誰知窗外竟有許多愛情旅館的霓虹燈招牌。修司腦中不禁浮現出睦子的身軀。

他大吃一驚，連忙關上窗戶。

接著又無聊地穿過房間，打開面對走廊的那扇門。石澤和鹽子的身影就在離門不遠的地方。鹽子伏在石澤的胸前，好像正在急切地訴說著什麼。來來往往的公寓居民經過他們身旁時，都用好奇的目光打量著兩人。修司看到這一切，不禁變了臉色。

「到屋裡來做——不對，什麼做……我是說，還是進來談吧。」

兩人聽到修司怒聲吩咐，便乖乖地回到房間裡來。

「石……石……」

「我叫石澤。」

「有小孩嗎？」

「有個女兒。」

修司瞪了石澤一眼。

「我到樓下去等。」

修司非常嚴肅地對女兒說。說完，努力裝出威嚴的態度走出房間。

鹽子和石澤分別站在雙人床的兩邊，彼此看著對方。

「我是不會放棄的。」

鹽子強忍即將奪眶而出的淚水向石澤宣布。這已是她能做到的極限，但石澤卻毫無反應，只是默默地看著鹽子。

「剛才說的那些，不是你的真心話。」

鹽子哀求著，石澤卻把臉孔轉向一旁，不再看她。

「你是認真的。起碼這一點，我心裡有數。」

「只是遊戲喔。我不喜歡糾纏不清。」石澤的語氣顯得更加粗魯。

「你在故意扮演一個卑鄙的傢伙……這也是你裝出來的。」

石澤露出苦笑，鹽子這種直接流露感情的稚嫩表現，令他有點招架不住。而另一方面，在他這種中年男人看來，這種表現也更加令人憐愛。

「快！爸爸在等妳，快點下去吧……」說完，石澤用下巴指著房門。

鹽子這才心不甘情不願地走出房間。

修司讓女兒留在那男人的房裡，獨自走到戶外，他站在公寓前院的樹蔭下，不斷低聲自言自語。

「我是為了什麼把妳養大？啊？養妳二十三年，究竟是為什麼？那個混蛋！看我把你打死！沒錯！非把你打死不可……」

他愈說愈大聲，身體也繃得緊緊的。剛好這時有兩名警衛巡邏到修司身邊，便一齊停下腳步，滿臉狐疑地看著他。

「啊！兩位辛苦了。」修司連忙向警衛點頭致意：「我……我在這裡等我女兒……」他緊張地辯解著。

就在這時，鹽子從公寓裡走了出來。石澤則跟在女兒身後，滿臉堆著討好的笑容。鹽子一看到父親，立即轉頭向石澤低聲說了幾句話，便突然向前方狂奔而去。修司一看女兒跑了，也慌忙地跟著追過去。

搭上電車後，修司終於趕到女兒身邊，但鹽子完全無視修司，也不跟他說話。修司不知該如何打破僵局，胸中充滿憤怒的情緒。

一路上，父女倆都沒交談，先後走到家門口。

剛按下玄關的門鈴，兼子馬上跑來開門。她身上穿著運動衣和長褲，或許正在練習瑜珈吧。

「回來啦？」

兼子迅速地打開大門，好像早已等候多時。

修司沒有力氣作答，板著臉領先走向起居室。兼子連忙緊跟丈夫的身後。

一踏進起居室，修司立刻「咚嚨」一聲，在榻榻米上盤腿坐下。兼子正要開口說話，鹽子剛好從門外的走廊經過。

「鹽子！」

修司叫住了女兒，鹽子把視線轉向父母，但她打算過門而不入。

修司像彈簧似地從地上跳起來，一步衝到鹽子面前，伸手去搶她的皮包。

「幹麼呀！」

「喂！妳過來檢查一下這裡面的東西！」修司抓住皮包轉臉向兼子大喊：「妳看一下，裡面有沒有公寓的鑰匙！這傢伙，跟一個有老婆孩子的男人在公寓……」

「……鹽子！」

兼子愣住了，來回審視糾纏不清的丈夫和女兒

「那男的說要結束，話是說了，也不知是真是假，妳檢查一下鑰匙……」

修司狠命地奪過皮包，正要把開口向下倒過來，兼子卻撲向丈夫的手腕。

「孩子的爸！不要這樣！就算是父女，也不可以這樣對待女人的皮包。你這樣，萬一……看到什麼見不得人的東西，那就要後悔一輩子了！」

正在這時，鹽子趁父親稍不留意，從修司手裡搶過皮包，順勢一翻，好像故意要讓父親看清似的，把皮包裡的東西全都倒了出來。嘩啦一下，各式各樣的小東西立刻散落

在榻榻米上。

修司和兼子茫然地看著散亂滿地的物品。鹽子一面喘息一面斜眼瞪著父母。空氣裡飄過瞬間的沉默，修司和兼子同時張開嘴，正要說什麼，電話鈴突然響了。

兼子立刻向電話奔去，慌亂中，她不小心踢到鹽子的口紅，一陣咕嚕咕嚕的滾動聲，口紅滾到修司腳邊才停下來。

「這裡是古田家。」兼子拿起聽筒後遲疑地答道：「是的，已經回來了。請問您是哪位……？啊？資材部的宮本小姐……」

「宮本！」修司驚呆了似地看著妻子。

「啊！外子平日給您添麻煩了……」說著，兼子向電話行了個禮，便把話筒交給丈夫。

修司感到很狼狽，他一面踢開滾落腳邊的口紅和粉盒，一面朝電話走去。這時兒子阿高從門外進來，剛好跟他撞個滿懷。修司瞪了阿高一眼，腳底一個踉蹌，好不容易才穩住身子，拿起聽筒。

「喂！」修司神情緊張地說。

果然，是睦子打來的電話。

「喔，部長！我是想請示一下送到通產省的文件。正本和副本，總共兩份，就可以吧？」睦子的聲音倒是非常冷靜。

修司便也配合她的語氣回答：「啊！那個文件，兩份就夠了。正本和副本，共兩份。」

「我擔心萬一準備得不夠……」說到這兒，睦子的聲音一變：「我現在一個人在澀谷吃晚飯呢。澀谷的『玫瑰堂』。」

「玫瑰堂」就是他跟睦子上次約會的餐廳。

修司大吃一驚：「啊？喔！是嗎？」

「府上的患者，怎麼樣了？」

修司剛才取消約會時，是以「女兒突然生病」作為藉口。

「啊！那個啊，總算沒事了，不好意思，麻煩妳了。」

「……那，晚安。」

「喔！非常感謝。」

這時，鹽子趁著父母的注意力都被電話吸引過去，便從自己西裝口袋裡掏出鑰匙，塞進阿高手裡。

修司放下電話後，「呼」地一聲，吐了口氣。

兼子臉上露出疑惑的表情。

「宮本小姐……是哪一位啊？」

修司心底一陣慌亂。「新年大概沒來我們家吧？喔！對，她從沒來過。是個二十七、八歲，很低調的女孩……因為她不起眼啦。而且是只有母親的單親家庭。」

「是那個宮本小姐呀。」

「她怕文件準備得不夠，所以打來電話問一聲，萬一不夠的話，她打算明天上午早一點到辦公室打字。」

「對工作很熱心嘛！」

「最近的女人比男人強多了！」修司忍不住提高聲音說：「男人整天就想著打麻將或是早點下班。」

他一面用腳踢開地上的零碎物品，一面走回剛才的位置，氣憤地盤腿坐下。兼子把地上的小東西撿起來，重新放回鹽子的皮包裡。

修司取出一支菸叼在嘴裡，正打算點燃香菸，卻又停下動作，深深嘆息一聲，內心的震撼似乎一時無法平息。對女兒的憤怒，對妻子的愧疚，還有對睦子的依戀，三者混在一起，修司簡直無法按捺內心的激動。

阿高回到自己的房間，頭上戴著耳機，仰面躺在床上聽收音機，突然，身穿睡衣的鹽子走進來。她在門上敲了好幾下，一直等不到回應，只好自己進來了。

鹽子無言地伸出手掌，阿高卻佯裝不知。

「阿高！」鹽子踏著大步筆直地走向阿高，再次把手掌伸到弟弟面前。

阿高露出不爽的表情，把臉轉向一旁。

「阿高！」

聽到姊姊呼喚，阿高瞪了姊姊一眼，無奈地用下巴指了指書架。他的手套放在書架上，鑰匙就在手套上面。鹽子抓起鑰匙塞進口袋，又向阿高做一個兩手合十的姿勢，把事先準備好的五千圓遞給過去。

「我才不要！」

阿高用手揮開鈔票。

「為什麼？你不是說沒有零用錢了？」

「我說不要就不要！」

阿高聽說姊姊正在搞不倫戀，心中多多少少受到某種衝擊——因為鹽子以往在他眼裡，只是自己的姊姊，現在卻好像突然變成一個活生生的女人。鹽子出現在眼前，令他感到害羞，所以態度不免變得有些粗魯。

鹽子也感受到弟弟對自己的厭惡，心底突然升起幾分羞愧與內疚。她很明白自己臉上的表情逐漸僵硬，但她卻不經意地露出微笑，從地上撿起鈔票，一句話也不說，就把鈔票放在桌上。

姊姊離開房間後，阿高撐起上半身，動作粗暴地扯掉耳機。搖滾樂的吵鬧樂聲頓時瀰漫在房間裡。

在陣陣音樂洪水的沖刷中，阿高不斷咀嚼著內心無法形容的哀傷。

鹽子回到自己房間，仰面倒在床上，她的眼睛盯著天花板，腦中不斷反芻石澤剛才說過的話。鹽子明知這是一段不倫戀，卻已深陷情海。她也知道戀情必然帶來痛苦與煩惱，然而石澤卻說，他跟自己只是隨便玩玩。這件事，鹽子說什麼都無法接受。

——對了！一定是因為當著爸爸的面，他才會說那些話。

怎麼可以被爸爸破壞？——鹽子咬緊了嘴唇。就在這時，她聽到有人正在敲門。

「是媽媽呀……」

緊接敲門聲之後，又傳來兼子小心翼翼的聲音：「鹽子！」

「有什麼話，明天再說吧。」鹽子怒聲回答。

兼子不肯放棄，依然咚咚咚地敲著。

「吵死了！」隔壁的阿高發出焦躁的大喊。

兼子無法接近女兒，又聽到兒子的叫喊，只好放棄努力，往樓下走去。

一樓的夫婦寢室裡，修司已鑽進棉被躺下，他臉上一片茫然的表情，直愣愣地望著天花板，手裡雖然抓著一支菸，卻完全看不出抽菸的痕跡。等到兼子走進房間，修司立刻支起上身，用視線向她詢問：「怎麼樣？」

兼子搖搖頭說：「叫我有話明天再說。」

修司「呼」地一聲，用力吐出一口氣。

「真是做夢都沒想到。一直以為那孩子，不會做出這種事的……」

修司露出不悅的表情說：「反正不是我家這邊的分枝。」

「分枝？」

「我是說血緣關係啦。我家這邊，我媽和我祖母，跟那種事完全沾不上邊。沒錯！她們的確是非常沒本錢，但相對的，行為也非常嚴謹……」

兼子聽了火冒三丈。「那你的意思是，鹽子搞出『什麼事』，都出自我家這邊的分枝？」

「妳家親戚裡面就有那種人吧？想想看！上次好像是喪禮前夜守靈的時候，不是有個已婚的姨媽跟年輕男人鬧出什麼事……不是妳告訴我的？」

「你去隨便問問，不論哪家親戚都能問出一、兩件這種事。只是大家不掛在嘴上罷了。」

「我家這邊可沒有喔。因為我家都是當校長或巡警之類，走嚴謹路線的。妳家那邊都是開和服店、點心店。」

「就算我是鬆散路線好了。反正你總是把責任推到別人身上。」

難堪的沉默從空氣裡流過。夫妻兩人背對著背，卻像約好了似地同時發出嘆息。

「哎！被男人甩了，是有點丟臉，誰讓那男的是個膽小鬼呢。鹽子看他那樣，也該清醒了吧。」

說到這兒，修司停住嘴，似乎覺得自己說得太過分了。

「是嗎?」兼子露出懷疑的表情說:「不會那麼輕易放棄的,我想……」

「……」

「女人就是這樣啦。」

兼子的這句話,刺中了修司的心底。他像要掩飾自己的狼狽似地迅速摁熄香菸,並把檯燈也關了。

仰面躺下之後,修司開始在腦中胡思亂想起來。

——女人是不會輕易放棄的……原來如此,原來是這樣……

宮本睦子的心裡總是有些什麼感覺,才會獨自跑到跟修司約會的餐廳去吃飯,並且還藉口公事,打電話到修司家來。

——要是沒發生鹽子這件麻煩事,自己現在已經……

白天參觀愛情旅館時看到那間鮮豔花稍的房間,現在突然浮現在修司眼前。他正坐在那張巨型雙人床邊,心臟砰砰亂跳,眼睛盯著睦子褪去衣衫的舉手投足,睦子的臉頰早因羞赧與挑逗染成緋紅……

——停住!停住!

修司用力揮去齷齪的幻想。

昏暗中，兼子發出一陣窸窸窣窣的聲音，似乎正在換衣服。

——半斤八兩吧？

如果想要滿懷自信地訓斥女兒，說服她回頭，首先自己必須以德服人。修司在心底告誡自己，然後，緊緊地閉上雙眼。

這天晚上，石澤一回到家，立刻無力地倒在起居室的椅子上。他覺得非常疲倦，根本不想開口講話。肉體的疲勞主要因為搬運雙人床的過程中，耗費了出乎預料的體力，但那當然不是造成無力感的全部理由。石澤感到精神也很疲倦，而且比肉體更疲倦。

自己對鹽子究竟是什麼感情，石澤也無法判斷。但他們不是遊戲。若問他對鹽子是否認真，石澤卻搞不清自己的心意。或許因為三十八歲這個年紀吧。石澤覺得自己早已失去那種為獲得女人而排除萬難的體力了。

更何況，對手還是那個男人——鹽子的父親，像他那麼正直的人物，恐怕連不倫的「不」字都不懂吧。一想到自己要跟那種人正面對決，石澤就感到全身力氣都不知跑到哪兒去了。他非常不喜歡與人爭鬥。

石澤的妻子阿環看到丈夫在發呆，便悄然起身，走出起居室。阿環這女人從不化妝，也不注重打扮，總是滿頭亂髮，穿著一身皺巴巴的居家服。但也因為這樣，石澤跟她在一起時也不必裝模作樣。

阿環拿著石澤的睡衣重新回到房裡，很隨意地把衣服扔在丈夫的膝上。

石澤看到他們的獨生女朝子跟在阿環身後，一臉睡眼惺忪的模樣。

「要尿尿嗎？」石澤向女兒問道。

朝子還沒開口回答，阿環就說：「自己會尿吧？」

說完，把女兒趕出了房間。

石澤慢吞吞地換上睡衣後，突然看到餐桌上有個黏土做的小手工藝品，便拿起來細心打量。這是朝子在幼稚園手工課做的成品，但他完全看不出女兒想做的是什麼。石澤仔細欣賞一番之後，又把小手工藝品放回桌上。

「朝子這孩子雖是個女娃，手可一點也不巧。」

「因為像我吧。」阿環冷冷地應著，並撿起丈夫脫下的衣物隨手疊好。

說完，阿環突然想起什麼似地抬起頭，將一雙飽含熱切的目光射向丈夫。

「對了，你坐什麼回來的？電車？計程車？」

「計程車。」

「這樣啊……你坐電車回來就好了。」

阿環看到丈夫露出訝異的表情，又接著說：「裝好囉。就在這後面！」

「啊？」

「哎呀！以前就跟你說過吧？這後面的小巷，最近一年當中，突然開了好多間拉客的酒吧，整天嘰嘰喳喳的，路過的行人都被拉進去。那條路原本是學童上學的通路，附近老實做生意的商店也受到了影響，形象大降，原本的老主顧也都不來了，所以附近居民組織團體，進行市民運動。」

「喔，那件事啊。」

「是啊，我在電視還有其他地方也常看到那些維護日照權，或反對搬遷的市民運動。當時看著覺得沒什麼，等到自己參加了，才知道事情不好辦。只要一開口談錢，大家的態度就突然變了，全都立即向後轉。轉眼之間，團體就四分五裂了。其實想一想嘛，印一張海報，豎一塊招牌，都得當場付錢哪。那些人只出一張嘴，需要大家掏錢的時候，就捨不得了……也不知這些人究竟是斤斤計較，還是精於算計？」阿環愈說愈激動。「關於這件事，我們可費了很大的功夫，終於募到了錢……嗯，總算裝好了。」

「啊？裝什麼？」

「監控攝影機啦。」

「啊？」石澤早已筋疲力竭，腦中已無法思考。

阿環顯得很急迫地說：「拉客酒吧那條小巷，現在到處都裝了監控攝影機呢。而攝影鏡頭的控制中心，就設在派出所裡。你走過去試試看吧。那些拉客族都會『嘩』的一下湧過來，說盡花言巧語，想把你拉到店裡去。但是，現在一出現這種狀況，馬上有人從頭頂發出呼叫：『青鳥的拉客男，請你退回去。退到你家屋簷下六十公分的位置。』」

「幹麼呀？那是……」

「道路上方裝了擴音器呀。那些顧客聽到聲音，都大吃一驚，哎唷！真是太好笑了。」

「哦。」

「『金黃豹的拉客男，請你退回去！』」

石澤呆呆地望著妻子的臉孔，她的雙眼正在閃閃發光。

「幹麼那樣看我？」

「因為每次說起這種事，妳就顯得那麼生氣勃勃。」

「人活著，總得找個能夠全心投入的嗜好嘛。」

石澤的表情更茫然了，阿環看他這副模樣，準備從椅上站起來。

「喝一杯嗎？」

「不了。」

說著，石澤站起來，嘴裡冒出一句低語：「石澤君，請你退回去。」

然後，他留下滿臉疑惑的妻子，走出起居室。

阿環目送丈夫的背影離去後，悄悄站起身，從壁櫃裡取下一瓶威士忌，倒進玻璃杯，然後懶洋洋地喝了一口。剛才還因為風月街上裝了監控攝影機而興奮無比的她，現在卻像換了個人似的，滿臉盡是迷惘的表情。

「石澤君，請你退回去……」阿環凝視著杯中的液體低聲自語。

不知為何，丈夫剛說的那句話始終殘留在阿環的心底。

2

第二天，修司還是無法專心工作，因為他整天都在注意睦子的一舉一動。然而，睦子卻跟平日一樣坐在自己的位子上默默地打字，好像早已忘了昨晚打過電話似的。

修司心中牽掛的，還不只這件事，比睦子更令他煩惱的，是自己的女兒鹽子。

修司翻開筆記本尋找號碼，然後拿起電話撥出去。還沒來得及開口說「喂」，聽筒裡已傳來一個精神抖擻的聲音。

「《玩樂城市》編輯部！」

《玩樂城市》是一份城市社區雜誌，鹽子是這家雜誌社的記者。

「打擾一下，請找古田鹽子。」修司向接電話的人拜託道。

只聽聽筒那端立刻傳來同一個人的聲音喊著：

「芝麻鹽到哪去了？」似乎是向某人詢問。

接著，又聽到一個男人的聲音——

「芝麻鹽……去採訪了吧？採訪！」男人也發出大喊。
「採訪！」聽筒裡那個精神抖擻的聲音又向修司耳畔叫喊。
「喔，採訪啊？那她大概幾點回來？」
「喂！」聽筒那端再度發出高喊，「芝麻鹽說她什麼時候回來？」
接下來，修司聽到一陣男人跟女人交談的聲音。
「不知道。大概黃昏吧！」
「知道她到哪兒去了嗎？」
「不！知！道！」
修司不免火冒三丈地問道：「對不起，請問你是男生還是女生？」
聽到這麼冒失的疑問，聽筒那端陷入一陣沉默，似乎是在考慮如何回答。
不一會兒，對方答道：「男生。」
「是嗎？那再請問你尊姓大名？」
「……青木南美。」
「青木南美……」修司想了幾秒說：「這不是女生的名字嗎？」
「你是哪位？」南美的聲音裡帶著幾分疑惑。

「我姓古田。」修司回答。

「古田……」南美重複一遍。

「啊！跟芝麻鹽同姓啊。哎呀！哎呀！」南美發出一陣驚叫。

修司忿忿地掛了電話。

「這些傢伙統統都……亂七八糟！」

說到這兒，他猛地抬起臉，睦子正用不安的眼神看著他。但修司已無心顧及睦子，他的全身都因憤怒與不安而在微微顫抖。

「出去了。黃昏才回來。去向不明……」

修司低聲說完，「砰」地一下從椅上站起來。因為直覺告訴他，女兒大概就是跟那個男人待在公寓裡。

修司一本正經地轉臉吩咐部下：「大川君，我去催一下『東西建設』。文件！」

「是！」大川連忙捧著文件跑過來。

修司抓起文件，塞進皮包，匆匆向外走去。目的地當然是「高島家園」。

——萬一鹽子在裡面怎麼辦？

原本就是因為懷疑鹽子在這兒才趕來的，等真的到了偷情的現場，修司卻生出一種衝動，想要打退堂鼓了。他站在石澤的房間門前，深深吸一口氣。

等到砰砰亂跳的心臟逐漸平息下來，修司才舉手敲了敲門。

「來囉！」房裡傳來一個陌生粗壯的聲音。

接著，聲音的主人打開了房門。

原來是個上了年紀的男人，身上穿著略帶汗漬的夾克，嘴裡叼著鐵釘，手裡拿著釘槌。男人的身後站著一名老婦，兩手抓著抹布與水桶，一副鬼鬼祟祟的表情看著修司。

男人叫做梅本庄治，是附近一家日式小酒店「梅乾」的老闆，女人是他的妻子須江。他們是受石澤和鹽子的請託來幫忙的。須江正在打掃房間，庄治負責安裝吊掛式裝飾架。兩人正忙著，修司卻夾著公事包出現在他們的面前。

「告訴你喔，我們這裡不接受任何推銷。」

庄治粗魯地說完，打算立刻把門關上。

「啊？」修司滿臉驚訝地擋在門前。

「是啊。我要是隨便對你說『好』，我兒子他們夫妻可是會罵人的。」

「兒子他們夫妻？」修司露出更驚訝的表情。

「對！」屋裡的兩人彼此開心地看著對方。

修司忍不住問道：「令郎是幹什麼的？」

「幹什麼的？畫圖的。那叫什麼來著？」

庄治說完，須江也跟著說：「好像就是，對，有點像襪子的那個字眼！」

「襪子？」

「不是絲襪，也不是褲襪……就是那個啦！」

「現在很流行的喔。」

「插畫。」修司替兩人說出了答案。

庄治和須江同聲答道：「對了對了！」「就是那個！」

「你們是他父母嗎？」修司以為這兩人就是石澤的雙親。

他已做好心理準備，但表面卻不動聲色地一腳踏進了玄關。

須江顯得有點畏縮。「問得這麼單刀直入啊……」

「是『假父母』吧？」

「假父母？」

須江看到修司挑起了眉毛，就向他說明：「有一種豆腐做的『假肉丸』，還有長得像梅花的『假梅花』。我們就是類似那種，外型很像，其實完全不是那麼回事。」

「說得直接一點，就是代理父母啦。」須江接著又補充了一句。
「剛才你們好像……是說『兒子他們夫妻』？」
「……夫妻？」須江歪頭露出疑惑的表情。
庄治苦笑著說：「那一對也是所謂的『假夫妻』喔。」
修司一臉不悅地問：「假夫妻？」
「那兩位不是『正式』夫妻啦。」須江一副事不關己的模樣。
說完，她的視線轉向掛在牆上的裝飾架說：「啊！孩子的爸，有點歪了。」
「喔？」庄治也走到裝飾架前打量著說：「很正吧？」
「右邊垂下來了。對吧？你看！」
修司不知不覺也跟著一起檢視裝飾架。「好像是有點下垂。」說了一半，他才想起自己來這兒的目的。「不是正式夫妻……這話是什麼意思？」
「因為啊，那個男的，已經有老婆和小孩啦。」
修司聽了很不高興地問道：「那不是太過分了？」
「一般人看起來，當是是很過分啦。」
「可是啊，聽了他們的故事，實在令人同情呢。所以我就想，世界這麼大，居然連

一、兩個給他們撐腰的人都沒有，豈不是太可憐了？」

「可憐……」修司不禁感到好笑。「哈哈，可憐嗎？哈哈哈哈哈。」

修司愈笑愈大聲，臉上的表情隨著笑聲逐漸扭曲，笑容也全都消失了。

庄治和須江都停下手裡的工作，驚恐地看著修司。

「老闆你到底做什麼生意的？」庄治突然想起什麼似地問修司。

「我是老爸啊。」修司自傲地說。

庄治噗嗤一聲笑著說：「誰跟你表演漫才呀。我在問你是哪一行的老闆。」

「不是跟你說了？我是老爸。那個女孩的父親啦。」

庄治和須江都驚呆了。

修司用手拉上身後的房門，向兩人問道：「你們跟他是什麼關係？」

「啊？」

「那個叫石澤的插畫家，跟你們倆是什麼關係……？」

「……我們住在附近啦，石澤先生常來光顧的那家店，名字叫做『梅乾』……」須江結結巴巴地回答。

「梅乾店？」

「我們也提供梅乾。」

「喔，醃菜店。」

「『梅乾』是名字，店名啦。」

庄治焦急地說：「小酒店！日式小酒店！」

「石澤先生經常來我們店裡吃晚飯。小鹽後來也常來。」

「小鹽……」

修司瞪了須江一眼，須江說話的聲音愈來愈小。

「她還來找我商量事情呢……」

「我女兒明明有父母……你們有沒有想過做父母的心情？」修司上前一步，衝到神情沮喪的兩人面前說：「你們也有兒女吧？」

「兒女，沒有啊。」

「就算沒有兒女，至少也想想家有閨女的父母是什麼心情……」

聽到這兒，庄治再也無法忍耐，用力吐掉叼在唇上的鐵釘。

「你這種做法，太卑鄙了。」庄治發出怒吼，「既然如此，為什麼剛才不先報上姓名？騙我們說了這麼多……你這種做法叫做詐騙喔。」

「孩子的爸……」須江驚慌失措地插進兩個男人中間。「因為這位先生看起來一點都不像女兒嘛……小鹽原來是像她媽……」

須江想盡辦法希望修司息怒，修司卻不理她，忿忿地走出公寓。

這天的午後，兼子正在澀谷的公園大道行走，目的地是一家咖啡店的二樓，那裡正在舉行「石澤清孝個展」。她身為鹽子的母親，很想偷看一下跟女兒搞不倫戀的對象。

咖啡店看起來整潔雅致，通往二樓的樓梯入口處豎著一塊招牌。兼子站在樓梯口整頓心情，便開步向二樓走去。

儘管是第一次看到石澤，兼子卻一眼就認出了女兒的情人。石澤穿著一身顯眼的西服，正在門口向觀眾打招呼。

「感謝您百忙當中抽空光臨。」

石澤身邊圍著一群打扮時髦的男人，看起來都很像設計師，石澤向大家露出討好的笑容。

「不管多忙都比你閒啦。」一個男人說完，親熱地拍拍石澤的肩頭。

「公私兩方面都很閒吧。」石澤反唇相譏。

周圍那群人同時發出笑聲。

兼子正要走進室內，石澤也笑著向她點頭致意。

會場的內部非常狹窄，牆上掛滿各種鏡框，裝在框裡的手繪底稿似乎都是雜誌或書籍的插畫。兼子一副心不在焉的表情，一面敷衍地隨意瀏覽，一面趁隙偷窺石澤的表情。

不一會兒，兼子看到一對出人意料的母女走進會場。原來是石澤的妻子阿環和女兒朝子。阿環跟平日一樣不修邊幅，臉上完全沒化妝，身上穿著鬆垮垮的佳績布日常服，頭髮綁成一束垂在後頸。朝子抓著一根很大的棒棒糖，正用舌頭舔著。

兼子在一旁不動聲色地觀察著這對母女。

只見阿環悄悄走到石澤身邊，交給他一個信封。石澤先是微微挑起眉毛，但馬上又像是改變了心意，接過信封塞進上衣內袋。石澤又伸手摸摸朝子的腦袋。

看到這個鏡頭，兼子不禁暗自點頭：「果然沒有猜錯。」

阿環對那些展出的插畫連正眼都懶得瞧一眼，就牽著女兒往外走。兼子當機立斷，決定緊跟在兩人身後追出去。不料剛衝到門口的瞬間，石澤突然轉個身，跟她撞個滿懷。兼子順勢倒向一邊，膝蓋跪在地上。

「哎唷！」

「這……這真是太抱歉了。」

石澤連忙伸手去拉，兼子滿臉不悅地揮開他的手，撩起衣襬站起來。

石澤臉上閃過一絲訝異，但又立刻露出圓滑的笑容說：「您專程前來指教，我真是太……」說著，他用手指著門口的桌子說：「不好意思，請您簽個名吧？」

「不，那個……」兼子露出為難的表情，說完，就像拒絕石澤的請求似地奔出會場。

到了通往一樓的樓梯口時，她終於追上阿環和朝子。這對母女正要往樓下走去。兼子匆忙跑下樓梯，假裝跟她們擦身而過，待自己靠近朝子的瞬間，就故意讓棒棒糖黏在自己的和服衣袖上。

「啊！」

「哎唷……」

「啊呀！」

「糟糕，這可怎麼辦？」

兼子說著舉起被糖果弄髒的衣袖給對方看。

阿環連連彎腰致歉，然後把兼子請到樓下的咖啡店裡坐下。兼子雖然覺得過意不去，卻也跟在阿環身後，一起走進店裡。兩人在靠近內側的桌前坐下後，阿環向女侍借了一塊毛巾，把黏在和服上的糖果痕跡擦得一乾二淨。

「現在洗衣店清潔和服的污漬，不知得花多少錢啊？」

「不用啦，也怪我自己不小心。」

「實在太抱歉了。」

兩人進了咖啡店，自然不能不喝點飲料，阿環給自己和兼子點了兩杯咖啡，又給朝子點了一份冰淇淋蘇打。

兼子和阿環一面喝著咖啡，一面不約而同地望向牆上的大鏡子。兼子穿著出門作客的和服，臉上非常用心地化了妝；阿環不僅沒有化妝，頭髮也缺乏光澤，身上穿的是寬鬆的家常服。鏡中鮮明地映出兩個女人的容貌。

阿環突然露出自嘲的笑容說：「父母的穿著邋遢，連孩子都顯得很窩囊呢。」

「哪裡的話，反而是我很羨慕您呢。如果自己再年輕十歲的話，也想嘗試一下您的裝扮。」兼子討好地說。

阿環臉上浮起苦笑，說道：「看起來很舒適呢。」

「啊？」

「我是說您穿的這身華服……」

「什麼華服，根本就不值錢。不過，這東西一旦穿慣了，就欲罷不能……」兼子臉上堆起親密的笑容。

「您不喜歡化妝嗎？」看到阿環臉上為難的表情，兼子又說：「喔，因為您家老爺不喜歡吧。這類的案例很多啦。」

不待阿環回答，兼子又擺出深知內情的架式點點頭說：「我的朋友裡面也有一位，她先生從事演藝工作……是音樂界的，他就不准老婆化妝，還對他老婆說：『白天一整天，我看到的都是擦了粉的，至少回家以後，想看看沒化妝的……』據說，就連口紅都不准他老婆擦呢。」

「不是這樣啦。」阿環不客氣地回答。

但在不知不覺中，她也對兼子的談話很感興趣。

「其實我以前很愛化妝，後來覺得厭煩了。大概是因為覺得累了。」好不容易碰到一位聽眾，阿環不免也想抱怨幾句。

她苦笑著說：「剛開始啊，我對化妝也是『充滿鬥志』的。各種手法都不放過，譬如敷臉啦，或是把這裡塗成藍的，那裡塗成紅的，或者穿上粉紅色毛衣……之類的。可是，這種事是沒有『止境』的，永遠追求不完吧。」

「府上的老爺很受女性歡迎嗎？」

「整天拈花惹草，根本就是有病。」

兼子睜大了兩眼。

阿環看到兼子的眼中充滿關切，不禁感到得意。

「就這樣，有一天，我突然覺得很厭煩。」阿環開始吐露內心的肺腑之言，「我面無表情地看到鏡中的自己，看到自己痛苦的模樣，突然，我覺得非常可恥……」

「……」

「靠化妝來對抗其他女人的自己，怎麼說呢？我覺得簡直就像個妓女……既然如此，乾脆以後都不化妝算了。因為我太想靠打扮吸引丈夫，然後又覺得自己輸了，所以才會嫉妒、生氣。如果完全不化妝的話，大概就不會吵架了吧。也就是說，我突然想通了。」

聽了這番生動傳神的告白，兼子不禁嚥下一口唾沫。

「看吧，我的素顏就是這副德行，看你會不會回家？我要表現的，就是這意思。」

「……會回來吧。」

「因為他很愛孩子……」

「結婚幾年了？」

「十年……」

兼子十分專注地盯著阿環的臉孔，就連阿環也開始感到兼子的目光非常詭異，於是她也不客氣地回瞪兼子的臉孔。

「您到底是誰？」

聽到這出乎意料的疑問，兼子一時不知如何反應。

「我？」

「請問尊姓大名？」

「我？」

「尊姓大名？」

「哎呀！」兼子掩飾著自己的狼狽說：「您問我的名字，我是不值得報上姓名的無名小卒啦。我只是路過而已。」

「是嗎？但我覺得您好像認識石澤，也就是我老公，所以才到會場來的。您認識我老公吧？」

難道這女人就是他的外遇對象？阿環腦中突然浮起這念頭。

兼子卻是一臉平靜地說：「不，只聽過您先生的大名。」

說完，兼子露出從容的微笑，藉以掩飾內心的驚慌。

阿環只好不再追究，臉上浮起苦笑說：「……是嗎？好吧。那還是不問您的大名吧。」

兼子伸出發抖的手指端起咖啡杯，阿環也像在賭氣似地喝著咖啡。

交談到此中斷，陣陣旋律美妙的古典音樂傳進她們耳中。

兩個女人彼此觀察著對方，眼角的視線卻同時投向桌上的帳單。音樂聲結束的瞬間，兩人一齊把手伸向帳單。

「不行！讓我來付。」

「那可不行。」

「不能讓您付，夫人。」

「哎呀！」

兩人雖在彼此爭奪帳單，卻又感到一種奇妙的親近。或許是因為同病相憐吧，兩人的心底都充滿哀愁，是一種只有資深主婦才能懂得的哀傷。

兼子剛離開石澤的個展會場，「梅乾」的庄治就來了。但他不是來看展覽，而是趕來報告剛才在公寓碰到修司的事情。

石澤一面和藹可親地向訪客致意，一面若無其事地傾聽庄治敘述。

「碰到『大麻煩』啦。」

「你釘裝飾架的時候把地毯燒壞了？」

「不是啦。」

「你跟管理員吵架了？」

「老頭跑來啦。」

石澤露出訝異的表情問：「老頭？」

「小鹽的……」

「又來了？」石澤嘖了一聲。

這時又有訪客走進會場，石澤立即滿面堆笑地嚷道：「啊！多謝多謝！你上次的作品，我欣賞過了。很不錯嘛！令我深感欽佩。哇！比我強多了！明年一定是你的時代啊！……哈哈哈哈。」

庄治不由得火冒三丈地想：

「這麼重要的時刻，他居然還能發出這種笑聲。」

不一會兒，石澤一臉嚴肅地走回來。

「那她父親，說了些什麼？」

庄治嘆了口氣說：「看起來，他會堅持到底啊。你怎麼辦呢，石澤先生？」

石澤正要開口回答，又有訪客走進會場。石澤親熱地在訪客肩上拍了拍，然後高聲大笑起來。

「……這問題，我也正想問你呢。啊！您來了！不好意思喔。真的好高興。」

庄治看到石澤那副模樣，再也無法忍耐了，便氣呼呼地朝著出口走去。

石澤趕緊拉住他說：「哎呀，好不容易來一趟，你就賞個面子，參觀一下嘛。」

「不了。這種東西，我可是一竅不通呢。」

庄治冷冷地拒絕後，揮開石澤的手，逕自往門外走去。

石澤看著庄治的背影，深深地嘆了口氣。

「『堅持到底』嗎？」石澤低聲自問，但他並不喜歡為了某件事過度煩惱。

「……親王啊，親王啊，馬前飄飄是什麼？咚磕咚呀咧咚呀咧哪。不識討賊的錦旗？咚磕咚呀咧咚呀咧哪……」

突然，石澤發現自己無意識地哼著一首歌。

「我幹麼唱這種歌呀？……」他不覺露出苦笑。

就在這時，負責接待的女孩走過來。

「您的電話。」

石澤一面搖頭一面走到電話旁，拿起聽筒。原來是鹽子打來的。

「……是我啦。觀眾評語如何？」鹽子的聲音聽起來很開心。

石澤迅速環視周圍一圈。

「現在比評語更重要的，是妳爸爸。」

「管他幹麼？」

「小鹽。」石澤說。

此時鹽子似乎已經到了「高島家園」。

「今晚其實很想在這裡吃晚飯的，但家具還沒買齊，所以我們還是去『梅乾』吧。七點，我在那裡等你唷。」

鹽子說完了自己想說的，「喀嚓」一聲，掛斷了電話。

鹽子的內心其實很緊張。也因此，她才故意假裝出一副心情很好的樣子……但石澤卻不懂得女人這種微妙的心理。他看著聽筒，疑惑半晌，嘆了口氣。就在這時，石澤看到訪客的身影出現在門口，他的臉上立刻閃現出光輝，剛才的擔憂眨眼之間就不見了，他立刻堆起滿臉的欣喜，朝向訪客身邊走去。

修司返回公司後一直處於激憤狀態。而最令他的憤怒火上加油的，是那對姓「梅本」的夫婦，他們一直待在鹽子和石澤的公寓裡，彷彿就像真正的父母似的。修司憤然回到自己的座位前，剛好看到大川捧著禮金簿走過來。

最近他們第二資材部有兩位同事即將結婚，大川正在同事間奔走，希望替這對同僚夫妻籌募一些禮金。

修司的名字下面已經有人幫他填了「五千圓」，看到禮金簿，他趕緊收起滿臉的怒氣，從上衣內袋裡取出皮夾，掏出五千圓交給大川。即將結婚的男女坐在距離修司較遠的座位，這時他們已從自己的椅子上站起來。

「恭喜恭喜！」修司轉臉向一對新人道喜。

兩人開心地彼此看了對方一眼，又向修司鞠躬行了最敬禮。

「怎麼回事啊？冬季的婚禮特別多呢。這是今年的第三對了。」

修司說完，大川露出不懷好意的笑容——

「當然是因為太冷了……人家想彼此取暖吧。」

「原來是暖氣婚？」

「哎呀！」

即將結婚的女職員扭著身體發出嬌滴滴的不滿，其他同事看到她的反應，一齊發出笑聲。

修司把視線從那位女同事身上轉向坐在隔壁的睦子。睦子也發出了笑聲，一面笑一面直愣愣地盯著修司的臉孔。

大川把五千圓裝進紙袋後問道：「您府上也快了吧？」說完，臉上還露出討好的笑容。

「啊？」

「令嬡呀。」

「哪裡，那傢伙，悠閒得很呢……真是……」修司簡單扼要地答完，心裡感到一陣抽緊的痛楚。他面帶痛苦地看著大川走回座位，自己也重新坐下，但卻無法投入工作。

而在古田家這邊，兼子正神情恍惚地準備晚餐。正在洗菜的手停了下來，腦中反芻著阿環剛才在咖啡店裡說過的那番話。突然，不知是誰從身後伸出手，關上正在流水的水龍頭。兼子定睛一看，原來是兒子阿高。只見他拉開冰箱門，拿出一大塊乳酪，整個塞進嘴裡嚼著。

「啊唷！切一切再吃啊。切一下……」兼子埋怨著。

阿高卻不管她，繼續大口咀嚼乳酪。

兼子突然噗嗤一聲露出苦笑：「看你吃東西的模樣，心情會變得輕鬆愉快唷。」

阿高的眼珠一動也不動地瞪著母親，嘴裡仍在不停地蠕動。

下班後，修司約了佐久間在公司附近的酒吧見面。

佐久間是個毫無魅力的男人，而且更糟的是，他也沒有禮貌，見到了修司，也不懂得正式行禮。修司以往看到這個不可靠的傢伙，心裡就很發愁，總覺得這傢伙不配當他獨生女兒的終身伴侶。

但是，現在看到他，修司覺得這些缺點都不算什麼了。至少跟那個已有妻兒的男人比起來，他是單身——光這一點就勝過一切。修司已經琢磨了一整天，如果想把鹽子從石澤身邊搶回來，最好的辦法，就是借用佐久間的力量。

兩個男人在櫃台前並肩坐下。

「你跟鹽子，究竟交往到什麼程度了？」修司迫不及待地厚著臉皮提出疑問。

「什麼程度……」

聽到如此突兀的質疑，佐久間不禁紅了臉，扭扭捏捏地說不出話。

修司也覺得很尷尬，臉孔轉向一旁說：「也就是說，叫你具體形容一下。」

「大概每週一次……約在咖啡店見面，一起……吃頓飯，再去看電影……通常都是各付各的。」

「不是問你這些啦。」修司焦急地說：「怎麼說呢……是問你們交往的濃度、深度。」

「這個嘛……」

「手總牽過吧？……像這樣。」

「……是。」

「……那下一步呢？」

「啊？」

「像這樣……」修司拿起自己的杯子貼在佐久間的杯子上。「噴！就像這樣……」

「啊唷……」佐久間滿臉通紅。

修司焦急地說：「還沒有啊？」

「哎唷，那種事……因為每次都是吃過義大利料理或餃子之後，還有烤肉……」

「啊？」

「有大蒜……」

要跟佐久間商討對策，自己可不能覺得不好意思或客套，所以修司正色看著佐久間的臉孔和雙眼說：「佐久間君，你對我們鹽子，到底是喜歡？還是不喜歡？」

佐久間聳了聳肩膀說：「不喜歡的話，今天就算伯父叫我，我也不會來的。」

「喜歡的話，就算吃了義大利料理或韓國料理，怎麼不一舉達陣呢？又不是只有你一個人吃大蒜，對吧？大蒜對大蒜，正面發生衝突，這就等於是啊，蝮蛇咬蝮蛇，根本沒什麼啦。」

「喔！蝮蛇咬蝮蛇不會死啊？我還以為會死掉呢。」佐久間一副呆笨的表情說。

「乾脆變成蝮蛇就好了。」

修司想讓自己焦慮的心情減輕一些，便從口袋掏出香菸，一支塞進自己嘴裡，一支遞給佐久間。

「貓兒的交配場面，有沒有看過啊？」

「嗯，狗兒倒是看過……」

「貓兒可不得了。最先啊，母貓都裝出一副完全不感興趣的模樣，像這樣，假裝洗著臉。可是仔細觀察一下就知道，牠們正在那兒忸怩作態，搔首弄姿，想辦法吸引公貓呢。等到公貓撲過去，母貓卻又猛烈地反抗，喵嗚！喵嗚！好像在說：『你要幹麼！』這時母貓全身的貓毛倒豎，背毛簡直就像怪獸哥吉拉背上的尖刺。同時貓爪也伸了出來，就像這樣。」

修司一面說一面揮動兩臂，張開嘴巴，瞪大兩眼。

「接著，母貓便逃向沒有退路的空間，譬如像倉庫的角落、屋後的窗台。『喵嗚！喵嗚！』母貓雖然露出猙獰的牙齒，卻是在誘惑公貓呢。年輕的公貓可能會誤會，以為對方不喜歡自己。這個重要關頭要是退卻的話，母貓就被老公貓搶走囉。可是年輕公貓完全不懂啊。母貓大叫『喵嗚！喵嗚！』等於就是答應了。『喵嗚！喵嗚！』公貓聽到這聲音，就該立刻撲上去，哇嗚！」

修司模仿貓兒已到忘我的境界，嘴裡發出尖銳的貓叫，周圍顧客都驚訝地瞪著他。

修司突然警覺過來，臉孔漲得通紅，背脊也縮起來。

「佐久間君，拜託你了……」修司充滿期待地用力拍拍佐久間的肩膀。

「會不會太晚了？」佐久間的臉上毫無自信。

「不，還來得及。」修司堅決地說著，又在佐久間的背上拍了一下。

這時，小酒店「梅乾」的庄治和須江正在店裡吵架。不過，兩人的手裡沒有停，他們一面忙著拌嘴，一面烹製下酒菜，並把菜餚裝進小碗。

櫃台上，鹽子的同事青木南美坐在那兒獨自享用茶泡飯。

「這個世上啊，有種東西叫做路。」

庄治一面把下酒菜金平牛蒡分裝在小碗裡，一面教訓著須江。

「啊！對呀！要是沒有路，人和車都過不去呢。」須江不服輸地反駁道。

「我是在說人啦，路這東西啊……」

「不是大馬路才叫路喔。小路也是路，還有近路，也是人走的路。」

「近路這東西，肯定是走不通的。」

「這我也知道啦。但如果非走這條路不可的話，那也沒辦法吧。」

「怎麼可能沒辦法？其實我本來不想蹚這渾水的。結果卻……」

須江不等庄治說完就打斷他說：「事到如今，還有什麼好說的。當然啦，一開始你是滿多意見的。但是，到了後來，你又覺得很開心，還主動提供了協助，不是嗎？幫他們找到公寓的，又是誰呀？」

「那還不是因為妳……」

庄治正要反駁，南美卻發出了笑聲。

「原來夫妻到了這把年紀，還會吵架啊。」

南美說完這句話，夫妻倆都嚇了一跳，暫時陷入沉默。

半晌，須江才又鼓起興致說：「那當然，因為是夫妻嘛。不管幾歲都會吵架的。對吧？孩子的爸？」

「妳就是愛裝可愛。」庄治冷冷地說。

「現在店裡有客人欸。我這是營業專用的可愛！」

「好怪！反正啊，事已至此，還是分手吧……」

「又來了！又來了！」

南美正想開口調侃庄治，鹽子剛好從外面跑進來，聽到南美這句話，便轉臉追問南美：「這是在說什麼？」

「正在說妳呢。」

「怎麼說？」

「叫妳還是斷了吧。」

「斷絕關係？」鹽子低聲笑了起來。「能不能不要再提這麼恐怖的古典字眼？」

南美用手指著庄治說：「不是我說的。」

「原來是阿爸？」鹽子重新轉臉看著庄治說：「怎麼說這種話？以前不是都一直幫著我的？您可不要背叛我喔。」

庄治聳聳肩膀。「因為我是個男人，得先考慮到將來。」

「你是說，你以前不是男人？」須江故意澆了盆冷水。

鹽子鬥志昂揚地說：「阿爸……」但是只說了一半，只見她扭動一下身體。「糟糕！太用力的話，要漏出來了。」

「快去吧！快！」

「忍到最後一秒才去，對身體很不好喔。」

庄治和須江相繼說道。

鹽子撥開門簾，朝向廁所飛奔而去。

須江臉上浮起鬆了口氣的笑容。「她那樣，簡直就像個孩子。」

「這樣做父母的，很容易被孩子蒙蔽。稍不留意，就會啪啦一下……」南美露出理解的神情說。

「不孝啊。」庄治搖搖頭。

須江立即接口說：「幫她呀……」

但庄治不理須江，轉眼望向南美。

「南美小姐，妳最好跟小鹽說一下。」

「說什麼？」

「那個，她家老頭很麻煩喔。現在已經氣得腦門充血了……」

說完，庄治背朝櫃台轉過身，重新開始分裝下酒小菜。須江也蹲下身子，把手伸進醃菜桶裡攪拌。

南美探出身子問道：「聽說他突然找上門去了？」

「連我倆都狠狠地挨罵了……」

三個人都對很專注地談論這件事，完全沒聽到店門被人拉開的聲音。不知從什麼時候起，修司已站在門口，滿臉不悅的表情傾聽三人談話。

「那打電話到我們那兒的，也是她家的老頭囉。他還問我：『男的還是女的？』」

「跟他說妳是男的嘛。」

「哈哈哈！」庄治笑著轉過頭。

「啊！」他發出一聲驚叫，臉色立刻大變。

須江看到丈夫非比尋常的表情，也跟著轉眼望向門口，當場嚇呆了，沾滿米糠醃醬的雙手筆直地伸向前方。只有背對門口而坐的南美，一直沒發現情況有異。

「芝麻鹽的老爸，好像是一家大公司的……」說到這兒，她才發現庄治和須江正在向她使眼色，便問他們：「怎麼了？怎麼了？」

庄治用下巴向她示意，南美回頭一看，露出驚訝的表情。

修司根本懶得多瞧庄治和須江夫妻，逕自緩步走到南美身邊坐下。

「這麼巧，在這裡碰到您。白天在電話裡失禮了。」說完，他嚴正地自我介紹說：

「我是鹽子的父親。」

聽了這話，南美簡直驚得說不出話。

「您大概就是南美小姐。」

「……」

「看起來是女性嘛……」修司不客氣地打量著南美說：「拿自己性別開玩笑可不是好習慣。」

南美忿忿地把臉轉向一旁說：「通常只聽聲音就很清楚了……」

「也有些人是根據對方的談吐來判斷的。」修司用嚴峻的語氣反駁說：「妳好像叫我女兒『芝麻鹽』，為什麼？」

「因為在編輯部嘛，我希望她懂得磨芝麻，也就是多拍馬屁，這樣工作做起來比較順利……」

「不會磨芝麻，是我們家的傳統。」修司當場駁斥。

說完，他稍微挺起背脊說：「所以才給她取了鹽子這個名字……」

這時，鹽子從廁所走出來，發現父親也在場，便趕緊躲到門簾後的暗處。

修司並沒發現女兒呆站在一旁偷聽，繼續洋洋得意地說道：「我家老頭是個薪水族，我這輩子大概至多也就是領薪水度日吧。以前聽人說過，『薪水』這個字眼，是指男人以勞力換得的食鹽。我也曾立志要規規矩矩工作一生，換取自己和全家的食鹽，而且希望女兒也像食鹽一樣的低調，安分守己，走上筆直的人生道路！——這也是我身為父親的願望……」

南美、庄治和須江三人面帶尷尬地傾聽修司的演講，進退不得的鹽子只能縮著身子躲在門簾後面。

不料，就在這時，石澤突然從外面跑進來，但他完全沒看到坐在櫃台邊的修司。

「小鹽還沒來？真是的！害我跑得上氣不接下氣……只有南公在這兒，怎麼行呢？」

南美正想打斷，石澤卻不管她，繼續說下去：「這不是等人不遇，而是戀人不遇啊。」

石澤用輕佻的語氣一口氣說了一大堆。

說完，石澤發出笑聲，這才發現修司在場。

「啊！」他發出一聲驚呼。

「言行不一嘛。」修司驚訝得說不出話，只用雙眼瞪著石澤。「你這傢伙，昨晚說了什麼？你趴在地上向我說『對不起』，還說以後不會再見她了，不是嗎？」

「……」

「插畫家這種職業，原來就是騙子啊。不但騙了人家女兒，還騙了人家父母，甚至連這種老人也騙……」

「我也沒騙人。」

「明明就是騙子。」

「我沒有騙人。只是愛上而已。」

修司挑起眉毛說：「少跟我花言巧語。愛上的話，就該像個愛上的樣子。真正愛上的話，就該考慮對方的幸福，這才像個男人！你明明已經有老婆孩子……」

「您說得對。但也因為我是男人，所以辦不到啊。」石澤輕鬆脫口而出。

聽了這話，修司嚥下正要說出口的話，睦子的臉孔突然在他腦中浮現。

「要是真的能夠辦到，像那些文學、歌劇之類……世間的藝術，根本就不會誕生了。我知道自己不對，不該那樣，我都明白……」

「是人的話，就該忍耐呀。」修司毫不容情地打斷了他。

誰知石澤臉上竟露出輕浮的笑容。「也對啦。」

「有什麼好笑？」修司不禁勃然大怒，一把抓住石澤胸前的衣服，「太爛了！你這種男人，爛透了。」

「是你女兒愛上了我呀。怎麼能說爛透呢？」石澤一面呻吟一面反駁。當著大家的面，他還想裝模作樣一番，所以故意很鎮定地說：「作為一個男人，我可比爸爸有魅力多了吧？」

「你沒資格叫我爸爸……」

「不是您想的那個意思啦。」石澤的嘴角浮起淺笑。

因為他這個人不論碰到任何問題，都不喜歡想得太多。但他這副德行卻惹得修司火冒三丈，心中的憤怒令他不由自主地掄起拳頭，直接擊中石澤的臉龐。

就在這時，門簾後面傳來一聲慘叫。只見鹽子像槍管飛出的子彈般撲向石澤。而庄治和須江原就心驚膽戰地守在一旁，看到眼前的情景，兩人都從櫃台裡飛奔出來，擋在修司與石澤之間。

「阿爸，阿母，別這樣，很危險喔。」鹽子一面掩護石澤一面大聲呼喊。

「『阿爸，阿母』……」修司臉色大變。「鹽子，妳這樣稱呼他們的？」

糟糕！鹽子雖然懊悔，卻已遲了。

無奈中，她只好硬起頭皮說：「沒錯！因為他們都肯真心傾聽我的煩惱。」

「所以就幫妳找到那間公寓！」說完，修司狠狠地瞪著庄治。

「您回家吧！」鹽子高喊：「出去！」

修司緊握雙拳，把視線從庄治轉向鹽子身上。

突然，四、五名顧客嘰嘰喳喳地從門外走進來，修司憤怒地環視眼前的眾人之後，撥開剛進門的顧客，向店外飛奔而去。

當天晚上，鹽子沒有回家。

修司和兼子為了等待女兒歸來，整夜都茫然地坐在起居室，直到天都快亮了，兩人還是沒法闔眼。

夫妻倆都因焦慮而變得非常神經質，兼子一開始搖頭晃腦打瞌睡，修司就瞪她一眼說：「睏了就去睡吧。」

兼子卻滿臉不高興地說：「一點也不睏啊。」

「不睏的人為什麼會打瞌睡？」

「我才沒有打瞌睡呢。」

修司便故意模仿兼子，誇張地前後搖晃著身子。

「那像妳這樣，叫什麼？」

「討厭！」

「妳說什麼？」

「就是因為你那樣，本來該回來的人也不回來了。」

修司漲紅臉緊握拳頭，但他已沒有力氣發火了。

「你也不必打人嘛。」兼子說。

「我也不是特別跑去打人的。很自然就變成那樣。」

「每次遇到什麼事，你總是自己一個人跑去。」

「原來妳也想跟我一起去喔！」

「要是我跟你一起去，肯定能說得比較委婉啦。」

「我原本也是想那樣啊，問題是對方的態度實在太……」

「就像上次祭典的時候一樣……」兼子打斷了丈夫，「町內會的人來募捐，你嫌人家態度惡劣，就跑去抗議，對吧？誰知你卻跟人家大吵一架，從前只捐一千塊就夠的，今年卻變成非得捐三千塊才行。」

「現在幹麼談祭典捐錢的事啊？每次都扯出一堆有的沒的毫無關連的事，這是妳最大的缺點！」

「……每次你一出面，不是總把問題愈搞愈大，最後搞得烏煙瘴氣？當然有關連啊。」

修司氣呼呼地把手伸進衣袋，掏了半天，掏出一個香菸盒，裡面卻是空的。他惱怒地把盒子揉個稀爛。

兼子冷眼旁觀丈夫的動作，這時抓準時機說道：「你這人根本就不懂別人的感覺。」

「別人的感覺？」

「對，世人的感覺、家人的感覺、女人的感覺！」

「我怎麼不懂了？」

「會提這種問題，就表示你不懂啦。」

「那妳又懂了？」修司反唇相譏。

兼子一時語塞，竟說不出話來。

「要是妳懂的話，怎麼會變成現在這樣？女兒不但跟那個有妻兒的男人交往，還跟他租了房子，甚至連雙人床都搬進去了，妳卻毫不知情。妳還有資格說自己懂得世人的感覺！」

「難道是我一個人的責任？」

「這種事，該是母親的責任吧？」

「不是應該父母各負一半責任？」

「那這次該妳去了。」

「去哪裡？」

「妳到那間公寓去，去把鹽子拉回來。」

兼子一副不可置信的表情看著丈夫，修司卻毫無顧忌地說下去。

「我啊，一想到鹽子跟那男人在雙人床上……」一口氣說到這兒，羞憤從心底湧起，修司再也說不下去了。「一想到她跟那男人在一起，我簡直，坐也不是，站也不是，不知如何是好。」

兼子不高興地把臉轉向一邊。

「妳去把鹽子拉回來！」

「我才不要！」

「妳是做母親的，不是嗎？」

「就因為我是母親，所以不想去！」

「……」

「我才不想看到那種畫面呢。」

「又不是叫妳去看，是叫妳去把她拉回來。」

兼子仍然坐著，堅決不肯行動。

一直等到清晨四點，時鐘敲響四下，修司終於下定決心，站起身來。

「妳不去的話，我走了！」

說完，修司丟下滿臉驚愕的妻子，匆匆走出家門。

戶外的路上仍然十分昏暗，修司加緊腳步走向「高島家園」。到了公寓的房間門前，他舉手便在門上「咚咚咚」地敲起來，完全不管周圍鄰居會被吵醒。

接著，門內傳來鹽子的聲音：「是誰？」

「是我！來開門！」

房間裡，鹽子睡眼惺忪地支起上身，茫然地坐在床上。床上的另一邊還有一個人，但不是石澤，而是南美。

石澤早已回他自己家去了。從「梅乾」出來之後，他就直接打道回府。進門後，他隨便找個藉口，說是因為與人口角，所以被人打腫了臉，然後就叫妻子拿來溼毛巾幫他冷敷。「不是被女人打的吧？……」妻子忍不住提出質疑，卻被石澤狡猾地敷衍了過去。之後，他便逃進寢室。修司衝到公寓時，石澤在自己家睡得正熟，臉上一片祥和的表情，好像剛才那場糾紛根本不曾發生似的。

然而，修司卻不知道這一段，心中深信石澤就在裡面。

他像發狂似地拚命敲著房門。

「鹽子！快，把門打開！」

房裡沒有任何回應，修司又把嗓門提得更高。

「鹽子！鹽子，好吧，鹽子就算了。石澤君！石澤君！快開門！石澤君。」

這陣嘈雜的吵鬧聲，把南美也吵醒了。

「妳跟他說石澤不在，不就行了？」南美睡眼朦朧地說。

「石澤君！石澤君！」

「喂！為什麼不回答？」

鹽子仍然安靜得像塊石頭。

「石澤君。」

「他不在……」

南美正要開口幫鹽子回答，鹽子卻像個角力選手似地貼過來，壓在南美身上，並用手摀住南美的嘴。

「石澤君，為什麼不開門！你這傢伙！」

修司還在執拗地敲著門。

「石澤君。」

「請您回去吧。」鹽子高聲喊道。

「我又沒有叫妳，我是在跟石澤君講話。反正，先把門打開啊。」

修司拚命地拍著門，他已顧不得羞恥與顏面了。

「如果是因為我打了你，覺得氣憤難平的話，我向你道歉。讓我們談一談。快把門打開啊！」

房內依然沒有反應。

修司繼續狠命地敲著大門說：「開門！石澤君，你這卑鄙的傢伙。為什麼不開門！為什麼不作聲！是個男子漢，就把門打開，說說你到底為什麼這樣，以後打算怎麼辦？你有義務告訴我吧？太卑鄙了！我最討厭你這種男人！開門！把門打開！」

說到這兒，修司已上氣不接下氣，肩膀也因喘息而不斷起伏。

就在這一瞬，房裡傳來鹽子的聲音：「親愛的，不要打開。」

那語氣十分沉穩，完全就像老婆在對老公說話。

「親愛的……」聽了這話，修司不禁愕然，他氣餒地垂下了肩膀。

「原來如此。既然這樣，那就算了，算了吧。」修司的聲音顯得十分無力，跟剛才的氣勢判若兩人。

南美從床上一躍而起，衝向門口，但鹽子卻拚命壓住南美的身體，不肯讓她打開大門。鹽子的眼中早已布滿淚水。

但是，修司似乎還不死心，仍然呆呆地站在門外。直到隔壁的房門被人推開，鄰居從門內伸頭探視，修司這才轉身離去。

「我們不再是父女了，妳隨便吧。這樣總行了吧。」

修司搖搖晃晃地走出公寓。「『親愛的，不要打開！』……」女兒的聲音仍在耳中迴響。修司像要揮掉幻覺裡的聲音似的，不自覺地加快了腳步。

走到自家的門前時，修司猛然停下腳步。因為腦中突然浮起一個念頭。

——說不定，那個男人不在房間裡吧？

石澤並沒在那兒！鹽子覺得這種事被父母發現的話，自己很沒面子，所以她故意假裝男人就在身邊。對了！一定就是這樣……

想到這兒，一股怒氣從修司的心底升起。但他並不是對女兒生氣，也不是對石澤，而是對他自己。

就像石澤所說的，披在他們表面的那層皮被剝掉之後，修司跟石澤其實是一丘之貉。若是那天跟睦子發展出進一步關係的話，自己應該也會幹出跟石澤一樣的事情。所以說，自己有沒有資格責罵石澤呢？

——我只是沒有勇氣去做罷了……

自己不敢做的，石澤卻毫無困難地做了，這才是修司憤怒的理由。他對自己的懈怠與無能感到非常生氣。

3

古田家的全家人正在吃早餐。

兼子和鹽子吃的是土司配紅茶，修司跟阿高則是荷包蛋、醃菜配米飯。在外人眼中看來，這是一幅極常見的早餐畫面；但自從三天前，鹽子的不倫戀被父母發現之後，現在桌上只剩下表面的平和，以往那種毫無拘束的說笑，已經再也看不到了。

女兒被那有妻兒的男人勾引後，還跟男人一起租了公寓，甚至買了一張雙人床搬進公寓。這件事給修司和兼子都帶來極大的衝擊，震撼的程度簡直就像天地變色。

——居、居、居然還弄了一張雙人床……

修司的怒氣完全無處發洩。而對修司和兼子來說，他們做父母的遇到這種問題，究竟該拿出怎樣的態度，兩人都感到百思不得其解。

「天氣不知怎麼樣啊。」

兼子實在無法忍耐陰鬱的沉默，便用開朗的語氣向丈夫搭訕。

「天氣？天氣喔……」修司無奈地答道：「大概是陰天吧。」
「陰天……嗎？」
「天氣預報說是陰天呢。」
「陰天啊？」
兩人的交談到此中斷，沉重的寂靜再度籠罩著餐桌
兼子一面慢慢咀嚼嘴裡的麵包，一面絞盡腦汁思索下面的話題。
「我說啊，要穿哪雙皮鞋？」
「皮鞋？」修司露出訝異的表情，「皮鞋……？」
「穿黑鞋可以吧？」
「當然是黑鞋啊！如果要配深藍色西裝的話，我又沒有紅鞋。」
「對呀，說得也沒錯。……要穿黑鞋……」兼子在嘴裡低聲自語。
沉默再度瀰漫在餐桌上。
突然，阿高開始咀嚼醃蘿蔔，一陣嘎啦嘎啦的聲響從他嘴裡冒出來，音量大得令人意外。阿高自己也被那聲響嚇了一跳，趕緊改為無聲的咂嘴。
修司不由得火冒三丈。

「你幹麼？」阿高紅著臉低下了頭，修司厭惡地瞪著他說：「你又不是老人。像你這樣年輕力壯的青年，哪有人會用牙齦去啃醃蘿蔔？醃蘿蔔這東西，咬起來當然會有聲音，『嘎啦嘎啦嘎啦嘎啦嘎啦嘎啦』，不必客氣！」

聽了這話，阿高故意提高音量大嚼起來。

「就要像這樣嘛。」修司露出滿意的神色，自己也夾起一塊醃蘿蔔丟進嘴裡。這時，鹽子用低得幾乎聽不見的聲音說：「我吃飽了。」說完，便站起身來，同時端起自己用過的碗盤，送進廚房。

直到她的身影消失，桌上的三人才暗中吐了口氣。

「我吃飽了。」阿高接著也站起來，說話的音量比鹽子更小聲。

鹽子還待在廚房裡，可能正在喝水吧，餐桌上可以聽到水龍頭的流水聲。

等到兩個孩子都離開餐桌，修司才悄聲問道：「什麼時候回來？」

「啊？」兼子反問。

「我說鹽子，什麼時候回來。」

「叫我去問……」說著，兼子向丈夫使個眼色：「……孩子的爸。」

兼子向修司拋去責難的視線。「你想知道的話，自己去問啊！」這才是兼子想對丈夫說的話。

「這種事應該妳去問啊。」修司也用眼神反駁妻子。

兼子皺起眉頭說：「問題跟回家的時間無關吧？」

「啊？」

這時，鹽子從廚房走出來。她不想經過起居室，打算直接經由走廊，回到自己的房間。

「啊？」

兼子又把聲音壓得更低一些。「想去的話，白天也能……」

「他們租了公寓……」

修司皺起眉頭。

「不管是鹽子或是那個人……是叫石澤吧？」

「妳不要一大早就提那傢伙的名字。」

「……他們兩個在時間上都很自由啊。」

兼子說得沒錯。他們也不能整天監視女兒，就算自己身為父母，也不該阻止女兒與男友約會。修司心裡非常明白這個道理，也因為心中了然，所以才更加憤怒。

修司不高興地說：「所以什麼插畫家、編輯之類的，我都不喜歡。」

「……她最近每天晚上都回來得很早嘛。」兼子一面觀察丈夫的表情一面說：「肯回來就該偷笑了。」

修司把臉轉向一旁，似乎用行動表示自己不願聽到這句話。

「我啊，還以為發生上次那件事之後，她不會回來了呢……」

「……」

「這種事，來硬的……」是不行的！兼子用眼色說完還沒說出口的半句話。「又不能在她脖子上掛根繩子牽著。」

「這種事，不用妳說，我也明白……」

修司正要反駁，卻聽到走廊傳來一陣腳步聲。

「噓！」兼子趕緊打斷丈夫。

是鹽子的腳步聲，她正要出門去上班。

「我走啦。」玄關傳來鹽子開朗的聲音。

「快去吧！」兼子也反射性地用開朗的聲音回應。

接著，玄關大門關上的聲音傳來，鹽子的腳步聲逐漸遠去。

修司滿臉不爽地聆聽著母女間的對答。

——女人這玩意……真會演戲。

想到這兒，修司覺得氣憤難平，動作很迅速地站起身來。

一整天，修司總是無心工作，他的視線不斷投向正在打字的睦子身上。

——如果女兒沒弄出這些麻煩事，那天晚上……

鹽子跟石澤的戀情沒被發現的話，修司這輩子唯一的出軌，現在應該體驗完畢了。戀情……出軌……修司的腦中浮現出石澤的身影：石澤正在「高島家園」的房間裡畫插圖，鹽子在他身邊殷勤地準備咖啡。雙人床放在兩人的身後……鹽子剛把咖啡放下，石澤就把鹽子推倒在床上。

「混蛋！」修司忍不住發出一聲怒罵。

「這個混蛋！」修司再度發出怒喊，卻看到大川滿臉訝異地站在一旁。

修司連忙笑著掩飾說：「哈哈，哈哈哈，這是我死掉的老爸愛說的口頭禪。人一上了年紀啊，就跟自己的父母愈來愈像。真受不了！」

大川露出敷衍的笑容，把文件放在修司的桌上後，匆匆走回自己的座位。

修司嘆了口氣，也懷著敷衍的心情瀏覽文件，但他完全無法集中精神。

——我就只能做這種事，那傢伙還是比我強……

修司一面沉思，一面在文件邊緣的空白處隨手亂畫佐久間的似顏繪。他畫得很糟糕，但也因為線條笨拙，反而更能顯出佐久間的寒酸相。

——那傢伙只是二流公司的次等男人，但他竟然……

他竟敢在父母尚未准許的狀況下，就跟別人的女兒在公寓裡過起半同居的生活了，誰也沒想到他敢這麼大膽吧？像他那種人，應該根本沒有這種勇氣才對啊。

——還是趕快把佐久間約出來見面吧……

修司暗下決心，必須緊緊抓住佐久間。

大約相同的時刻，《玩樂城市》編輯部的辦公室裡，鹽子、南美和攝影師三人正在開採訪會議。

「春天百貨」。

鹽子把商店名稱寫在筆記本裡。

「聽說那裡的室內裝潢很有意思。我們就以這個主題為目標，去蒐集訊息吧。」

「ＯＫ，地點在哪？」

南美將上身向前傾斜，在鹽子的筆記上畫著地圖。

「採訪完畢之後，我們還要去青山繞一下，大家做好準備吧。」

鹽子說完，南美故意裝模作樣地說：「那就沒有時間啦。」

「什麼時間？」

南美向她使個眼色。

鹽子顯得有點不悅地說：「不要搗亂。」

「有人在等妳吧。」

南美說的那個人，當然是石澤。但鹽子卻不理她，繼續檢視筆記本裡的地圖。

「不去那裡嗎？」

「……」

「為什麼呢？」

鹽子有點焦躁地看了攝影師一眼。就在這時，有人在門上敲了一下。

攝影師站起來開門，但又迅速地轉回來敲著鹽子的肩膀說：「芝麻鹽的訪客。」

誰呀？鹽子懷著訝異的心情走到門外，看到佐久間呆呆地站在走廊上。

店。

兩人尷尬地打個招呼，鹽子跟南美交代了幾句，便跟佐久間一起走進附近一間咖啡

這個時段並非休息時間，店裡幾乎沒有客人，只聽到陣陣輕鬆愉快的音樂傳來。然而，他們的表情卻很陰沉，跟音樂剛好相反。兩人在角落挑了一個包廂座位坐下。

鹽子喝了一口咖啡之後，突然低聲說：「我愛上別人了。」

佐久間最近已經感覺出鹽子的態度有點改變，但現在親耳聽她正式通知自己，佐久間還是吃了一驚。鹽子則面無表情地注視著佐久間。

「他今年三十八歲。是插畫家。有老婆，也有孩子。」

佐久間說不出一句話。鹽子把臉孔轉向一邊。

「他不能跟我結婚。我很清楚。可我就是喜歡他。」

說著，她從皮包掏出一把鑰匙，「噹啷」一聲拋在桌上。

「這是我跟他一起租的公寓鑰匙。」

佐久間茫然瞪著那把鑰匙。鑰匙散放出一種詭異的光芒，宛如男女戀情的象徵。

鹽子把鑰匙收進皮包後，獨自離開了咖啡店。

但她當天卻沒去那間石澤正在裡面等候的公寓。採訪結束後，鹽子跟攝影師分別行

動。她走進代代木公園，悠閒地躺在草地上仰望天空。儘管耳朵上戴著隨身聽耳機，音樂卻無法傳進她的耳中。飄逝的浮雲、林木的枝椏，全都無法進入她的眼簾。呆滯的目光在空中游移了好一會兒，最後，鹽子深深地嘆了口氣。

——分手吧……

鹽子終於下定了決心。

「高島家園」的房間裡，石澤早已等待多時，但始終沒有等到鹽子。他滿面焦躁地坐在桌前，根本無心工作。

突然，有人在門上敲了幾下。

——鹽子！

石澤丟下鉛筆，飛速奔向玄關。打開大門的瞬間，石澤立刻緊緊抱住站在門外的男人。那是個穿著寒酸的青年，身材微胖，頭上戴著棒球帽。青年嚇得兩眼圓睜，拚命想從石澤的臂彎裡掙脫出來。

石澤朝著青年長滿青春痘的臉孔打量起來。

「你是幹什麼的？」

「乾洗店的。」

「我不需要乾洗，這裡是我的工作室。」

來推銷乾洗的青年瞪著石澤，眼中充滿驚恐。

「剛才以為你是某個女孩啦。你想的那種事，我才沒興趣呢。」

青年不等完石澤解釋完，就一溜煙地逃走了。

「就算你想要，我還不要呢。」石澤忿忿地說完，用力關上大門。

重新回到桌前，他想開始工作，卻一點也提不起幹勁，於是一面欣賞貼在牆上的裸體照，一面動手撥電話。

電話立即接通了，聽筒那端傳來南美像男孩般的聲音。

石澤向她詢問鹽子的去向，南美正忙著安排版面設計，便很不客氣地說：「芝麻鹽出去了！去採訪！」

南美直接把聽筒夾在肩頭上回答。

「妳知道她到哪去了嗎？」

「因為是在外面到處跑……」

「有沒有說要來我這兒？」

「不知道啊。她好像說過，行程一直排到晚上很晚喔。」

石澤放下電話後，向雙人床上仰面倒下。愈是見不到的人，愈想看上一眼。他悄悄從床上爬起來，伸手拿起了外套。

石澤決定到「梅乾」試試運氣。然而，鹽子並不在那兒。庄治和須江正忙著準備開店。

他在圍爐桌旁坐下，失望地嘆了口氣。

「那她也沒來這裡？」

「嗯……」庄治一面削著洋芋皮一面回答。

須江停下正在切醃蘿蔔的手說道：「從那以後就沒來過。喔！就是石澤先生被小鹽的爸爸『砰』的打了一拳之後……」

庄治用手戳戳須江的腰部說：「住嘴！笨蛋！」

「從那以後，一次也沒來？」

「一次也沒有。」

「我們還以為她到那裡去了呢。」

「那裡」當然就是指「高島家園」。

「沒有……」

「小鹽去公司上班了吧。」

「好像在拚命工作，忙得不得了的樣子。」

石澤從衣袋裡掏出一支香菸塞進嘴裡，又在口袋裡掏了半天，想找個打火機點菸，卻沒有找到。庄治拿出一盒火柴丟過去。

石澤抽了一口菸，凝重的沉默和煙霧一起飄向空中。

須江端起大鐵鍋，想把鍋中剛煮好的米飯裝進電鍋。熱騰騰的蒸氣擋在須江面前，她向石澤說：「不會是在冷卻吧。」

石澤露出訝異的表情看著須江。

須江覺得自己說得很對，兀自點著頭說：「是說她的感情啦。可能正在呼呼呼地吹冷自己感情吧。」

庄治也點點頭。「她家老頭都那樣出面了。」

石澤沒說話，只是皺著眉暗自思索。

「石澤先生，這樣對你也比較好吧？」

「……」

「想想你的老婆和孩子，還是就這樣……」

不等庄治說完，石澤便打斷他說：「這好比飛機啊……」

「飛機，我可不敢坐。那玩意，腳踩不到地吧？不可靠啦。」

「不是說坐飛機啦！我是說，飛機這玩意兒，就像這樣，這樣……一陣助跑之後，『嘩——嘩——』就像這樣飛起來，對吧？」

庄治的上身不由自主探向前方。「噴射機是像這樣喔。」說著，他的手掌以極陡的角度伸向上方。「螺旋槳機則是像這樣……從前的你呢，就像紅蜻蜓，啪啦！」說完，庄治又用手比劃紅蜻蜓飛翔的模樣。

「我不是在說這個啦。」石澤苦笑起來。「噴射機或螺旋槳機都無所謂。飛機這玩意啊，有個『無法回航點』。」

「無法回航點？」庄治與須江異口同聲反問。

石澤把手背降到較低的位置說：「譬如飛到這種高度，想要放棄的話，還有辦法著陸。但是，上升到這個高度的話……」說著，他把手背抬高了一些。「那就不行了。不能回頭了。」

「如果非要回頭的話，會怎麼樣？」

「除了墜落，沒別的辦法。」

「會掉下來？」

「到了這個地步，只能繼續飛啊。」

沉默再度從他們之間流過。

庄治和須江同時嘆了口氣，重新展開手裡的工作。

「水也一樣嘛，如果被堵起來的話，反而會嘩啦一下，全都湧出來的。」庄治一面把裝好酒菜的小碗排列起來，一面低聲嘆息說。

「那個老爸，問題是她那個老爸。」石澤說完，須江停下手的動作。

「別說了。再碰到他的話，還會給你來一頓這個。」說著，須江擺出握拳打人的動作。

「怎麼可能碰到？」石澤聳聳肩說：「我根本連看都不想再看到他呢。」

「我才不想看到他呢！」石澤在「梅乾」痛快地大罵一頓之後，從店裡走出來，兩腳竟然朝著修司的公司走去。其實他也不是想找修司談些什麼，而是在不知不覺中，就已身在通往修司公司的路上。

到了公司的附近，他先打公用電話給修司。

「喔，啊！請找第二資材部長古田先生……現在不在？地下的……『泉』咖啡店……」

打聽到修司的去向後，石澤便朝那家咖啡店前進。

這時，修司和睦子正在「泉」咖啡店喝著咖啡。兩人邊喝邊聊，非常開心。睦子身上穿著公司的工作服，就像一個隨處都能看到的平凡女孩，但她看著修司的那雙眼神，卻顯得那麼殷切，同時還散放出一種近似誘惑的女人味。修司臉上雖然裝出一本正經的表情，但他深切感覺到，如果再這樣下去，自己就要變成睦子的獵物了。

「我可是反對喔。雖說這一行概括稱為酒水生意，其實裡面的花樣可多了。當然我也知道，妳是在阿姨的店裡幫忙，應該不會有問題，可是，宮本君，酒吧畢竟還是是酒吧啊。」

睦子打算辭掉工作，到她阿姨的酒吧去幫忙。上次已跟修司提過這個想法，今天又來向他請教意見。

修司對自己剛才說的那段話點點頭，接著又說：「將來，妳的終身對象會出現的。」

聽了這話，睦子凝視著修司的眸子。

「一定會出現的。」修司說。

「……我可沒打算結婚。」

「那是宮本君現在二十七歲的想法啦。」

「六。」

「二十六歲？」

修司腦中突然浮起女兒的臉孔。鹽子今年二十三，跟睦子只差三歲而已。

修司不免感到茫然，睦子卻很焦急似地把臉靠過來。

「一方面也是為了我家啦……而且我對那種工作並不討厭。」

睦子身上散放出一種甜美的香氣，修司感到有點暈眩。

「一定要辭職嗎？」

睦子的聲音裡滿含著感情：「我就是為了這件事，一直想跟您好好談談……」

「真抱歉。」

「那天晚上，您原本跟我約會的餐廳，我後來還是去囉。一個人在那兒吃了晚飯。」

「對不起，我一定會補償妳的。」

「不會再放我鴿子吧？」說著，睦子故意鼓起臉頰。

修司連忙解釋說：「下次一定不會。要不然，今晚也沒問題喔……不瞞妳說，那天雖然跟妳說是家裡有人生病，其實是因為出了些問題。」

修司也把臉孔向前靠過去。兩人的膝蓋在餐桌下彼此互相碰撞。

「我女兒愛上一個很糟的男人。」

一不小心，這句話從嘴裡冒出的瞬間，修司立即發現自己說錯話了。倉皇中，他竟抓起睦子的杯子，咕嚕咕嚕地把杯中的水全部喝光。睦子驚訝得睜大兩眼，卻沒說什麼。

修司完全沒發現石澤這時正在玻璃窗外看著自己。他看了一眼手錶，抓起帳單站起來，滿懷感情地拍拍睦子的肩膀，便提前走出店外。

石澤目送修司的背影離去，這才走進店裡，大搖大擺地朝著睦子的座位走去。

「可以坐在這兒嗎？」石澤指著剛才修司坐過的位置問道。

「請吧。我也要……」

睦子說著正要站起來，石澤卻用手制止了她，然後用感嘆的語氣說：「……原來如此，眼光高的男人也是大有人在啊。」

「啊？」睦子露出訝異的表情。

「剛才那個人，是妳情人吧？」

石澤問，睦子臉上立即浮起警戒的神色。

「不是。那是我們部長。」

「啊？喔，是嗎？部長……」

「是的。部長為人方正是很有名的。」

「可是卻被妳迷住了。」

「請你不要亂講！」

睦子裝出發怒的表情，但她臉上卻隱約浮起一絲喜悅。石澤不禁暗自雀躍。

「看妳那麼生氣，可見妳早就有所感覺。」

睦子皺起眉頭問：「你在這棟大樓上班？」

「我跟這裡完全無關。一年也難得來一次。」

睦子這才放鬆了警戒。

石澤決定趁機接近睦子。

「他真的對妳非常著迷啊，看看那雙眼睛……」

「……真不知我哪裡討喜了，我又沒什麼魅力。」

「就是這點討喜呀。沒有特別誘人之處，看嘛，就像妳這種女孩……」石澤說著高高翹起下巴，向睦子拋個媚眼。「滿多的吧？像妳這種沒發現自己優點的女孩……男人都會一窩蜂地黏上來呢。」

聽到有人讚美自己，畢竟不會覺得厭惡，睦子也就順水推舟地問：「部長是因為這個理由？」

「他要跟妳約會吧？」

「那我該怎麼辦？」睦子意味深長地向石澤使了個眼色。

「就跟他交往看看呀。至少約會一次……」石澤的語氣裡包含著迫切的期待。如果修司跟睦子發展出進一步的關係，就跟石澤犯了相同的過錯，如此一來，修司就沒資格批評鹽子和石澤的關係了。然而……

「因為不是你自己，所以才說得那麼簡單。」說完，睦子嘆了口氣。

「哈哈哈哈……」石澤發出豪爽的笑聲。

看來修司的嚴謹程度超出自己的預料。石澤雖然笑得豪放，臉上卻露出強敵當前的困惑。

修司已被睦子迷得神魂顛倒，回到辦公室之後，腦中仍然幻想著自己跟睦子的各種偷情畫面。

「呼！」修司嘆了口氣，將身體靠在椅背上。

幻想中的睦子背對著修司，正在動手脫掉襯衣，修司則彎腰坐在雙人床邊，也把手伸向自己的上衣……

「部長，部長！」

耳中聽到大川的聲音，修司突然清醒了過來。

「您的電話。」

修司連忙裝出威嚴的表情問道：「誰打來的？」

「『第二建設』的佐久間先生。」

修司拿起電話的聽筒。

「哎呀！佐久間君。」

「我有事要向您報告。今晚可否到府上拜訪？」

只聽電話那端傳來佐久間含混不清的聲音。

修司二話不說，立刻答應了佐久間的要求。兩人約好時間後，修司眼中流露出空虛的神色，用力掛上了電話。

「來，請隨意吧。」

「什麼事？你說有事……」

當天晚上在古田家的起居室裡，兼子和修司跟佐久間相對而坐，夫妻倆的臉上都露出緊張的神情。

佐久間比修司夫婦更緊張，一雙若有所思的視線落在自己的膝頭，兼子不斷勸他吃點壽司，修司也幫他斟滿了啤酒，但佐久間卻根本不想動手，只見他滿臉僵硬的表情，一句話也不說。

「你怎麼了？來，開懷暢飲啊。」修司催促道。

佐久間卻緩緩站起身來。

「……告辭了。」

「佐久間君！」

「佐久間先生！」

夫妻倆連忙上前拉住他。

「跟我們客套嗎？這就要回家了？」

「告辭。」

「這是怎麼回事？說有事要報告的人，可是你喔。」修司忍不住大聲說：「其實我原本也有很多……喔，很多預定的行程，結果還是為了配合你，連忙趕回來。」

「不是啦，我，在下……」佐久間在嘴裡嘰哩咕嚕地辯駁著，「畢竟，還是不能說啦。說出來就太卑鄙了。」

「啊？」

「卑鄙？」

「我什麼都不說。告辭了……不過，就算是告辭……」

佐久間不知如何是好似地拿起杯子，一口氣喝光了杯子中的啤酒，然後，藉著乾杯的那股勁勢開口說道：「有一句話，還是得說。你們這種父母，究竟是怎麼做的！」

夫妻兩人聽到佐久間這種咄咄逼人的語氣，驚訝地互相看著對方。

「……我是無所謂啦。雖說跟我無關，但對你們來說，她不是唯一的女兒嗎？你們真是太……太大意啦！」

佐久間怎麼會說出這番話？修司和兼子都懷著滿腹疑問。

「告辭了！」

說著，佐久間「砰」地一下站起來，轉身就要走向玄關。但修司用身體擋住佐久間，把他拉回起居室，又請他重新坐下。

「你……聽說了什麼嗎？」

佐久間瞪了修司一眼，問道：「……你已經知道了？」

「真是的，那種事……」說著，佐久間把視線轉向修司。只見修司滿臉苦澀，緊閉著雙眼。佐久間又轉眼去看兼子，兼子趕緊垂下眼。

「你們早就知道？」佐久間一面說，一面來回審視夫妻兩人的臉孔，語氣裡隱含著責難：「鹽子的事我已經知道了。」

「當然啊，怎麼會完全沒感覺。」夫妻倆吞吞吐吐地答道：「最近開始的，我們都覺得她有點怪……」

佐久間忿忿地說：「不只是有點怪而已吧！」

聽了這話，修司抬起頭來。

「……你，已、已經知道了多少？」

「你們知道了多少？」

修司跟佐久間同時提出疑問。

「哎，竟問我知道了多少。」

「該說我知道了多少，嗯……」

兩人又同時歪著頭陷入沉思。

「佐久間先生，你從誰那裡聽說的？」兼子提出質疑。

佐久間立即回答：「從她本人呀。」

「鹽子，為什麼告訴你？」

「我能說出來？」

夫妻倆點點頭。

「我啊，最討厭告狀了。」

修司把臉孔湊上前過去說道：「沒關係，告訴我們吧。」

「她愛上別人了。」

佐久間一面窺視夫妻倆的臉色一面低聲敘述。看到兩人的表情都沒改變，他又繼續說下去。

「是個插畫家，今年三十八歲。」

眼看夫妻倆仍然保持沉默，佐久間便接著說：「是個有老婆也有孩子的男人……」

夫妻倆都專心一致地凝視佐久間。

他被這種氣氛催逼著，不假思索地說：「我也知道自己沒法跟她結婚……就算我很喜歡她……」

修司夫婦根本不敢妄動。也罷！豁出去算了！佐久間說到這兒，已不抱任何希望。

「他們倆還租了公寓，連鑰匙都……」

佐久間說完，修司這才開口。

「你說得沒錯。」修司低聲說完發出一聲嘆息。

兼子也點著頭說：「這種事，真的太丟臉，實在說不出口啊。」

佐久間不禁火冒三丈。「這不是太過分了嗎？」

修司和兼子都把雙手放在榻榻米上，向佐久間彎腰致歉。

「實在愧對於你啊……」

「佐久間君，萬事萬物都有所謂的分寸。儘管鹽子跟你只是形式上在交往，卻同時又跟別的男人在一起，這種事情……」

「鹽子也是因為不知該選誰吧。既然不能選那邊，就只好守著這邊囉……」說了一半，兼子才驚覺說錯了。

「蠢貨！」修司用手輕戳一下妻子的腰部說：「總而言之，沒有正式向你表明交往到此為止之前，就弄出這種不尊重你的事情，只能說她是女人當中的人渣。」

「我要說的，不是這個啦。」佐久間似乎很費力地說：「自己交往的女孩愛上了別的男人，我也沒話可說。因為自己沒有魅力嘛。又有什麼辦法呢？我可不是為了這件事生氣喔。就算生氣，也沒理由對您發脾氣。我現在可不是為了這件事生氣。」

這時，佐久間看到修司夫妻彼此呆呆地看著對方，接著又說：「伯父，您上次跟我說什麼？」

「……」

「您說了什麼？」

「佐久間君，拜託你了。」

「然後我問您，是不是已經太晚了？您跟我說：『不，還來得及。』說完，還像這樣，用力在我肩上拍了一下，對吧？」

說著，佐久間把手放在修司的肩上，眼珠向上斜瞪著修司。

「伯父，您那時已經知道了吧？」

修司露出訝異的表情。

「您明明知道鹽子小姐已做出這種事，還對我說那種話。」

修司這時才聽懂佐久間在說些什麼。

「我算什麼啊？究竟……我變成什麼了？」

「佐久間君……」修司不知該說什麼。

他心裡始終看不起佐久間，一直覺得他是在二流公司上班的次等男人，是個不可靠的傢伙。但現在，自己卻意外地遭到這個男人的反擊，他現在說的每句話、每個字，都非常有道理。

「這種事情實在欺人太甚……老實說，當初第一次來你們家，我就知道你們對我並不中意。結果呢，碰到這種事情了，你們就改變了想法，然後就……」說著，佐久間在修司的肩頭用力拍一下。「……就是這樣嗎？為了把自己女兒從泥沼裡拉出來，所以利用我嗎？」

修司彎下身子，把額頭貼在榻榻米上說：「我實在無話可說。只是啊，佐久間君，我已顧不了什麼羞恥與體面了。就算採取骯髒手段，我也想把鹽子從那個男人的手裡搶回來，請你體諒一下我做父母的心情吧。」

佐久間氣呼呼地一句話也不說。

修司像在自語似地連連點著頭說：「這是我做父母應該做的。但就算是不擇手段，也不該利用你，我很抱歉……」

說著，修司低頭彎腰向佐久間賠罪，兼子也連忙把雙手放在榻榻米上向他行禮。

「事情變成這樣，以後可能也見不到你了，請你忘了這次的事情吧。……我真誠地希望你能找到一位好伴侶。多虧您長久以來的關照……」

修司瞪了兼子一眼說：「才一年吧？」

「這種情況下，應該這樣說喔……多虧您長久以來的關照。」

夫妻倆一齊向佐久間深深地低頭致意。

看到他們這種反應，佐久間臉上的表情也變得比較溫和了。

「……啊！請……等一下。」佐久間唐突地說道。

「等一下？」修司跟兼子互相看著對方的臉孔。

佐久間像在呻吟似地說：「讓我來動手吧。」

「動手？」夫妻倆同聲反問。

佐久間語氣堅決地說：「我試試看！」

說完，他轉向滿面驚訝的兩人，自傲地說：「或許現在已經有點晚了……但我還是要試試看。」

「可是，佐久間先生，鹽子已經跟那個人租了公寓……」

「連雙人床都搬進去囉。你的好意，我很感激……」

「不，我去試試。」佐久間仍然堅持己見。接著，他低聲解釋著：「愛上一個女人，就會變成這樣啊。」

剛說完，修司猛地垂下腦袋。「嗚！」「哇！」連續幾聲悲鳴從他嘴裡冒出來，接著便用兩手摀住臉孔。因為他實在太感動了，忍不住發出嗚咽。

兼子也跟著抽泣起來。她的手在口袋裡掏來掏去，沒找到手帕，卻找到皺成一團的面紙，大概有三、四張，便把那團面紙遞給修司。修司拿起面紙擦拭眼睛周圍，擦著擦著，突然驚呼一聲：「哎唷！」然後抬起頭來。

「這是什麼？」

只見他的眼角掛著一塊嚼過的口香糖。

兼子一面吸著鼻子一面轉眼望向丈夫，接著也發出了驚叫：「啊！」

「這不是口香糖嗎？」

修司露出滿臉怨忿，拚命想把口香糖扯下來。

「對不起。」

「妳嚼過的？」

兼子縮著腦袋，忍不住噗嗤一聲笑了起來。

「混蛋！」

「哎，黏到睫毛就麻煩了。」說著，佐久間把身體靠了過來。「啊！等一下喔。」他一面說，一面用手去扯口香糖。

兼子在一旁說：「啊！佐久間先生，還是讓我來……」

兩人一陣手忙腳亂，設法想把修司眼角的口香糖剝下來。

——真是太丟人了……

修司皺起眉頭，同時又暗中窺視佐久間的臉孔。不知為何，修司眼中的佐久間竟顯得那麼精悍可靠。

——這傢伙才是男人當中的大丈夫呀。跟他比起來，我簡直就……

他已對作為部下的女孩生出欲望，但是，想要卻又不敢。一想到這種沒出息的表現，連修司都覺得自己簡直沒救。

妻子與佐久間為了幫他剝掉臉上的口香糖，早已忘記剛才的不愉快，他在一旁看著兩人，不禁在心底嘆了口氣。

鹽子辦完公事回到《玩樂城市》編輯部的時候，南美和攝影師還在加班。鹽子也在辦公桌前坐下，一面吃著外賣的拉麵，一面瀏覽校樣。就在這時，電話突然響了。

南美拿起聽筒說：「《玩樂城市》編輯部……喔，原來是石澤先生？你找芝麻鹽？」

說完，她的視線轉向鹽子。

鹽子連忙舉起一隻手搖晃著。

「她不在。」

「已、已經回家了……」鹽子用唇語告訴南美。

「她已經回家了。幾點？喔，嗯……」

鹽子又向南美豎起兩隻手指。

「兩小時之前。」

南美一面向聽筒回話，一面故意搗亂似地把聽筒遞到鹽子面前，但鹽子不理她，仍舊低頭吃著拉麵。

「啊！是嗎？要轉告她的話……沒有？喔！這樣？失禮了。」

聽筒的那端傳來石澤充滿失望的聲音。

南美放下聽筒後，鹽子才鬆了一口氣。

佐久間懷著重新燃起的希望告辭離去。然而，事已至此，鹽子的感情應該不會因為佐久間的昂揚鬥志而有所改變。想到這兒，修司不免怏怏不樂。

兼子一直把佐久間送到玄關，目送他的背影離去，才轉身返回起居室，但走到樓梯下面時，她突然停下腳步。

「阿高！阿高！有壽司喔，要不要吃？」兼子向二樓的兒子問道。

「馬上下去！」

樓上傳來阿高的回應。

兼子回到起居室，看到修司盤腿坐在一堆凌亂的杯盤當中，四周堆滿空啤酒瓶、快吃光的壽司桶，還有塞滿菸蒂的菸灰缸。

修司一看到兼子就露出生氣的表情。

「怎麼能讓男孩子吃人家吃剩的東西？」

「可是剩下來很可惜，不是嗎？放在那兒，馬上會變色；放進冰箱的話，飯粒又會變硬；更重要的是，這些都是你的薪水買來的呀。」

「這種東西，也不必算得那麼仔細……」

說到這兒，阿高慢吞吞地走進來，看了壽司桶一眼。

「搞什麼，只剩一堆怪材料。」

「吃剩的，怎麼可能有好料。」修司板著臉孔說。

兼子像要打圓場似地對兒子說：「不是蓋飯，是真正的壽司喔。就算用筷子夾過，也是一個個分開夾的，不是嗎？吃剩的，有什麼關係啊？來，阿高。」

「別這樣！馬上就要飛黃騰達的男孩，妳竟然叫他吃別人的剩飯！」

「我又不想飛黃騰達，沒關係的。」阿高聳聳肩說：「那我吃魷魚和鳥蛤。」

修司制止道：「想吃的話，另外再訂一份外賣嘛。」

「一人份，人家外賣才不送呢。」

「沒關係，吃這個就行了。」

「我叫你不要吃，沒聽到？」修司怒聲大喊起來。

兼子只好氣呼呼地說：「別吃了！」

「幹麼呀！把人家叫下來，一下說吃吧，一下又說別吃了。」阿高也表示忿忿不平。

兼子故意充滿諷刺意味地說：「你爸說別吃了。還是別吃了吧。」

「搞什麼嘛。」說完，阿高正要走出房間，突然又說：「對了，姊姊馬上就要回來了。剛好呀。」

「是啊，鹽子很喜歡吃鳥蛤。」

兼子說著拿起筷子，想把壽司桶裡的壽司全都夾到一塊兒。修司看到她的動作，終於發火了。

「這種東西，不要給她吃！」

「孩子的爸！」

「我吃！」修司拿起筷子，兼子卻用手壓住丈夫的手。

「膽固醇很高喔。」

「膽固醇？」

修司正要重複一遍妻子的話，不料阿高在一旁嚷道：「哎唷！您的眼睛怎麼了？很紅喔。這裡，黏著什麼東西？」

阿高俯身探視修司的眼角，看到睫毛上黏著一些口香糖殘渣。

兼子向阿高使個眼色說：「不要緊的。」

「啊？」

「快上二樓去吧。」

阿高疑惑地來回打量父母的臉孔，看了好一會兒，才走出起居室。

修司看到兒子走出去，賭氣似地把壽司塞進嘴裡，愈吃愈生氣，就像要拿壽司出氣，拚命往喉嚨裡塞。「咳！咳！」修司吃得連連咳嗽，最後又把心頭火燒向兼子。

「妳今天做了什麼？」

「啊？」

「我問妳今天一整天做了些什麼？跟我們完全無關的佐久間君，都痴心到那種地步。連那樣一個外人，都能像親人一樣關心鹽子，妳呢？我在問妳，今天一天做了些什麼。」

兼子訝異地說：「洗衣、買菜，燙衣服……」

「妳認為只做這些就夠了？身為一個母親，妳覺得那樣就夠了？」

「那你今天又做了什麼？」兼子反問丈夫。

修司不禁有些狼狽。

「啊？我嘛，當然是在公司認真工作啦。」

修司吞吞吐吐地回答完，心底湧起一股內疚。剛才在咖啡店裡碰到睦子大腿的觸覺，現在又在他腦中甦醒。

「我也是啊。就跟平常一樣……」

兼子看到丈夫的氣燄變弱，像要乘勝追擊似地繼續說下去。

「每天為了把衣服洗得更乾淨、燙得更平整，我總是兢兢業業，小心翼翼，還要隨時留意廚房裡的事情，一下擔心調味太淡了，一下又害怕味道太鹹了。除了這些，我還能做些什麼？」

修司一時想不出如何回答。

兼子像是抓到良機似地又說：「老公和孩子在外面做些什麼，家裡的人只能跟平時一樣照常生活，耐心等待，除了這樣，還能怎麼辦？」

「我又沒做什麼，妳說這些幹麼。」修司想要掩飾內心的羞愧，忍不住激動起來。

「你在外面做些什麼，沒人會擔心啦。」

「不要把我跟別人相提並論喔。」

「我反而希望你不是這樣呢。」

「啊？」

兼子聳聳肩說：「我的意思是說啊，你也去搞個外遇的話，我該有多輕鬆啊。」

「喂！」

「這種事又不稀奇，而且我們現在這種狀況，外遇也不可能對家庭造成什麼影響吧。」兼子的表情看不出是真心還是開玩笑。「我一個人忍著點就行啦。鹽子或許不會答應吧。但是，照現在這樣下去，那孩子……身為一個女人，這輩子就算完啦。」

「妳說得倒輕巧……換成是妳的話……沒那麼容易吧？」

或許因為心裡有鬼，修司感到特別焦躁。然而兼子卻顯得非常平靜。

「可能明知你絕不可能，我才會這麼說吧。」

聽到兼子這句話，修司總算鬆了口氣。

「就是嘛。」修司用力點頭表示贊同。

剛說完，玄關的門鈴響了。

「啊！回來了！」

兼子說著就打算奔向玄關。

修司露出不悅的表情說：「女兒回到自己家，不是理所當然的事情？幹麼那麼興奮地跑出去？」

「你的表情還不是跟我一樣？」

兼子瞪著丈夫一眼，轉身向玄關走去。門外果然是女兒鹽子。

「回來啦？」

「我回來了。」

母女倆的交談聽起來跟日常對話沒什麼分別。

「晚飯呢？」

「吃過了。」

「是嗎？」

「喔，大門可以鎖上了？」

「嗯，鎖上吧。」

於是，鹽子又重新出去鎖門。兼子則像一隻逃脫的狡兔，一溜煙跑回起居室。剛好看到修司想要脫身，她便一把抓住丈夫的腰帶問：「你到哪裡去？」

「去洗澡，然後睡覺啊。」

「還沒到時間吧？」說著，兼子壓低音量很迅速地說：「你跟她談一談呀。」

「跟誰？」

「當然是鹽子啊。」

「我無話可談啦。」

兼子抓住腰帶的手指更加用力。

「孩子的爸……」

「剛剛還跟男友親熱嬉鬧的女兒，妳叫我去跟她……」

「怎麼說這種話。」

兼子剛皺起眉頭，就聽到玄關那兒傳來鹽子開朗的聲音——

「門燈可以關了吧？」

「可以啊。」兼子也跟女兒一樣朗聲回答。

說完，她重新露出嚴肅的表情說：「我把她叫過來，你跟她說。」

「說什麼，已經說完啦。」

「說什麼都行。不要發脾氣，就像聊家常……」說著，兼子豎起拇指說：「那個人的事不要說。」

說到這兒，就聽到鹽子接近走廊的腳步聲。

「晚飯吃了什麼？」兼子故意裝出溫柔的聲音向女兒問道。

「在公司吃了拉麵。」鹽子也用開朗的聲音回答。

聽到這對母女虛情假意的應對，修司不禁嘖了一聲，低聲譏笑妻子：「虛偽！」兼子則反瞪丈夫一眼說：「噓！」

「這裡有壽司喔。剛才因為來了客人，叫了外賣。後來吃剩了……妳可以當點心吃啊。」

「喂！」修司向妻子使個眼色說：「別這樣。」

這時，鹽子剛好走進房間來。

「誰來過了？」

「妳爸公司的人。」兼子瞥了一眼丈夫狼狽的表情，面不改色地答道。

「誰？」

「宮本小姐。」

兼子隨口胡謅了一個名字，但修司聽了卻立即臉色大變。

「宮本小姐？是哪位呀？」鹽子問。

「資材部的……打字員？妳爸手下的女生，以前來過電話。」兼子說道。

「對對對，上次為了打字的事情。對了，對了。」

修司聽了兼子的解釋顯得很驚慌，簡直有點失常的感覺。

然而，鹽子完全沒注意到父親的驚惶失措，只不置可否點點頭說：「喔……」然後便轉身走出房間。

「快去洗手吧。」

鹽子的腳步聲逐漸遠去。

「喂！」修司輕推妻子一下。他沒辦法再繼續待下去了，一心只想趕緊逃出起居室，卻又想不出任何藉口。

兼子卻沒看到丈夫的惶恐。

「佐久間先生的事……」最好還是別說了——兼子用眼色告訴丈夫。

「知道啦！」

修司扭捏著重新坐正了身子。兼子忙著把醬油注入小碟，筷子擺放在桌上。修司旁觀妻子的動作，心中不免生出疑問：為什麼妻子會突然說出睦子的名字呢？不會是因為她發現了吧？想到這兒，修司不禁冒出一身冷汗。

鹽子回到起居室之後，好像從沒發生任何事似地抓著壽司大吃起來。

修司不敢正視女兒的臉孔，趕緊攤開晚報佯裝讀報。兼子一面準備番茶，一面像是催促似地用手在丈夫的背上戳了一下。

修司只好從報上抬起臉來問道：「工作很忙嗎？」

「因為最近剛好是截稿時間。」

「喔。」

談到這兒，對話就中斷了。修司不斷把目光從報紙轉向鹽子，偷看女兒的表情。

「妳們編輯部，總共有幾個人？」

「五個。啊！對了，有個人辭職了。」

「為什麼辭職呢？」兼子問。

「結婚。」

「正式結婚？」

兼子一聽修司提出這種莫名其妙的問題，趕緊在他腕上掐了一下。

鹽子也吃了一驚，全身一震，卻裝著若無其事地答道：「結婚這玩意，都是正式的吧？」

「是啊。不正式的話，不能算結婚吧。」

兼子在丈夫的手腕上用力掐了一下，但語氣卻很悠閒。

「那結婚典禮呢？什麼時候舉行？」

「不知道。」

「不知道？難道不辦婚禮嗎？」

「我跟她沒那麼熟。」

修司緩緩地站了起來。這已是最後極限，他沒辦法再跟這個搞不倫戀的女兒繼續聊下去。儘管妻子拚命壓著他的衣襬，不讓他離去，但修司撥開了妻子的手，踏向走廊。他站在昏暗的迴廊邊，眺望夜色中的庭院，一股無法壓抑的怒氣從他心底湧起。

大約就在相同的時間，石澤也懷著幾分不甘，走在返家的路上，今天一整天都在等待鹽子，結果卻被她放了鴿子。他感到腳步非常沉重。

石澤在玄關按了門鈴，阿環跟平日一樣穿著邋遢地給他開了門。

「我回來了。」石澤向妻子說。

阿環訝異地睜大了兩眼，然後便忍不住發出了笑聲

「幹麼？」

「原來你也會說『我回來了』啊。」

石澤把臉轉開。

「朝子睡覺了？」

「都這麼晚了，怎麼可能還沒睡。」

「是嗎？」說完，石澤把蛋糕盒交給妻子，便向屋內走去。

阿環也緊跟在丈夫的身後。

「……好難得唷。怎麼回事啊？」阿環不免感到疑惑。

石澤的外表雖然看不出來，其實他是個喜歡孩子的男人。每天不論多晚回家，都要先到女兒的房間去看一眼。

朝子熟睡的臉孔顯得那麼純真。石澤望著睡夢中的女兒，看了好一會兒，發現女兒的小手露在棉被外面。他想幫女兒把手放進棉被，便朝床邊走去。抓起女兒的小手之後，石澤無意識地凝視著那隻手。

「你在看什麼？手相？」阿環滿臉訝異地問丈夫。

「孩子哪有什麼手相。」

「有啊。連嬰兒都有呢。」

石澤正要把女兒的小手放回棉被，阿環卻摁住丈夫的手，並把朝子的手掌攤開給他看。

「這裡不是有一條線表示她跟父親無緣嗎？」

「喂！……」

「不是死別，是生離。」

「她會被吵醒喔。」

阿環低聲笑起來：「不管怎麼看，朝子的手都不像是幸福的手相。」

石澤用眼神斥責著妻子，然後熄滅了檯燈，走出房間。

兩人回到起居室之後，阿環給丈夫倒了一杯茶，又把丈夫帶回來的水果蛋糕拿出來。石澤一面看著妻子吃蛋糕，一面攤開晚報。

「在孩子面前，別說那種傻話。」

阿環沒有回答。

「水果蛋糕這玩意，一口一口慢慢品嘗，味道真是不錯啊。」

石澤把視線從報紙移向妻子，偷看著她的表情。

「草莓配鮮奶油？形象看起來如此鮮明，很不錯喔。」阿環打量著自己吃了一半的蛋糕說：「草莓的周圍好像沾了血跡，看起來真的很棒。」

突然，她又把視線轉向丈夫。

「好性感喔，這點心。真叫人妒忌啊。」

石澤趕緊把臉孔埋進晚報裡。阿環忍不住發出了笑聲。

「晚報這東西，給人幫好大的忙啊。」

「啊？」

「多虧有了晚報，天下的無數男子，才有地方藏臉，不是嗎？」

「……」

「報社好懂得體諒人哪。」阿環又再度「呵呵呵」地笑著說：「對了，報社裡的大人物，也會做壞事的，所以他們才發明了晚報吧。」

石澤皺起眉頭，因為他聽出妻子的語氣裡，隱含著以往從來不曾有過的弦外之音。妻子最近經常背著他暗中飲酒，這件事已引起石澤的注意。

「妳最好不要常喝酒喔。會上癮的。」

「被你發現啦？」阿環聳聳肩說：「剛開始覺得那東西很苦，但我把它想成是藥，喝著喝著，最近開始覺得味道很棒呢。」

石澤放下晚報站起身來。原來妻子沉溺酒精，是因為自己。石澤弄清這項事實後，已無法繼續坐在妻子面前。

「『別這樣，不要再喝了。』你都不對我說這種話喔。」阿環語帶諷刺地朝著丈夫的背影低語。

石澤假裝沒聽到妻子的話，直接走向洗臉台。正要開始刷牙，他在無意中看到鏡中的自己：一個板著面孔的中年男子站在鏡子裡。

石澤嘆了口氣，轉眼望向洗臉台，看到妻子的牙刷旁邊，並排擺著女兒的紅牙刷……

石澤茫然地呆站在那兒。隔著一段距離，阿環也在遠處專注地凝視丈夫。

4

正午剛過，遠處不知從哪兒傳來鋼琴練習曲的琴聲。從那生疏的指法聽得出來，似乎是個孩子正在練琴。彈奏中經常出現錯誤，琴聲也就因而中斷。

兼子正在練習瑜珈，但她總是分心傾聽鋼琴聲，無法像從前那樣集中精神。鹽子小時候也彈過這首曲子。嗯，曲名叫什麼來著？兼子正在思索，突然聽到玄關傳來門鈴的聲音。

「我是三河屋的。」

「來了！馬上就來！」

兼子抓起一件圍裹裙套在黑色褲襪外面，快步奔向玄關。

「三河屋的小弟，我家今天不需要訂貨。」

「那我下次再來。」來送貨的伙計兩手交叉，做了一個忍者的結印手勢，又連翻幾下白眼說：「啊！太太，您又在練習這個？」

「你說的是忍者吧？瑜珈跟忍者原本是一樣的。」

「聽說現在很流行呢。」

說完，送貨的伙計把目光轉向門外的樹叢。只見一個女人半蹲在樹叢裡，手裡夾著皮包，正對著粉盒的鏡子塗口紅。

兼子忍不住發出一聲「啊」。女人轉過頭來，大吃一驚，立刻跳了起來，嚇呆了似地瞪著兼子。

這女人竟是阿環。

「石澤先生的……太太！」兼子一臉茫然地低聲自語。

阿環立即轉身就走。兼子趕緊套上寬鬆的拖鞋追趕過去，結果還是半路踢掉拖鞋，才在門前追上阿環。

「請等一下。」

阿環知道跑不掉了，只好停下腳步，轉頭望著兼子。她剛才只塗了上唇的口紅，現在則咧開嘴，嘻嘻地笑起來。

「嚇我一跳。好驚訝喔。」

「……我還不是一樣。」

阿環用手指著兼子說：「原來您是她母親……」

三河屋的小伙計滿臉驚訝地站在一旁。兩個女人根本無暇管他，彼此都露出嚴肅的表情注視著對方。接著，兩人都深深地嘆了口氣。

幾分鐘之後，兼子和阿環在古田家客廳裡相對而坐。

「妳是怎麼知道這裡的？喔，是您先生告訴您的？」

聽了兼子提出的疑問，阿環臉上露出一絲苦笑。

「他那個人，不會說這種事的。現在只要肯花錢，不論任何事，都有地方可以幫忙調查的。」

「那，我們家的鹽子也……」

阿環點點頭說：「您也跟我一樣，所以上次才會出現在我先生的個展會場吧？您是想來看看，引誘自己女兒的男人，究竟長得什麼樣……」

兼子和阿環都想起她們在石澤的個展相遇的那天。

兼子有點羞愧，便到廚房去沏茶。當她端著茶盤回到客廳時，看到阿環正呆呆地望著庭院。

兼子把茶杯放在阿環面前，阿環轉回視線，呵呵地笑了起來。

「我還以為他的對象就是您呢。」

「我？」兼子睜大兩眼說：「妳家先生的……？」

環子點點頭。兼子忍不住爆出一陣笑聲——

「妳以為我幾歲啊？」

「這種事跟年齡沒關係吧？」

兼子忍住了笑，說道：「身為父母的我，其實應該向您道歉才對……」

「我可不是來討道歉喔……」阿環嘆了口氣。「說真的，連我自己也不知道為什麼跑到這裡來呢。一個人待在家裡，心裡就是很不安……好像待在一個四方形水泥盒裡似的。我們家住公寓啦。腦袋裡面裝著大煩惱的時候，絕對不能住在公寓裡。因為缺少一個通氣的小洞嘛。妳看，就像水栽小蒼蘭之類的球根植物。腦袋裡要是藏著煩惱，就跟栽培那種植物一樣，煩惱會像腦瘤似地慢慢長大，最後甚至還可能把腦袋都撐破呢。我在家裡實在待不下去，所以跑了出來，等我清醒過來時，竟已站在府上的門外……」

兼子細心打量著阿環的臉孔，發現她只有上唇塗了口紅，兼子小心翼翼地說一聲「對不起」，但阿環好像完全沒聽到，繼續說下去。

「一切都是我先生的錯。肯定是他先向您女兒開口的。而且府上的……小姐，今年才二十二歲吧？」

「二十三了。」

「只要滿了二十歲，就算真正的大人了。誰理父母說什麼……」

聽了阿環的話，兼子有點羞愧似地微微垂下腦袋。

「話雖如此，但這只是死要面子的說法；事實上，您心裡也氣得不得了吧？」阿環苦笑著說：「女兒竟跟一個有老婆孩子的男人在公寓同居……」

「您連這些都想到了？」

「聽說她父親在一家大公司上班，我就很想請問一下，她父母到底在幹麼？難道向來都是教導女兒無知是福……？」阿環一口氣說到這兒，突然聳聳肩說：「心裡雖有這種想法，看到夫人的臉孔時，立刻就明白了——『喔！原來她已經知道了，所以上次才到個展會場來的。』想到這兒，我這才明白，其實做父母的也很為難啊……」

兼子的腦袋垂得更低了。

「我先生啊……」

聽到這兒，兼子終於忍不住，打斷阿環的話說：「不好意思，打斷一下……妳這裡……」說著，兼子指著自己的嘴唇說：「只有上唇塗了……」

「啊？」

「口紅……」

阿環驚訝地張大眼睛，慌慌張張地伸手在皮包撈出粉盒。打開鏡子看到自己臉孔的瞬間，阿環不禁發出一聲驚呼：「哇！」接著，又急急忙忙開始尋找口紅。但因為過於慌亂，找了半天也沒找著。最後好不容易才把口紅找出來，一面塗下唇一面對兼子說：「我每次都只塗上唇，然後再這樣……」說著，她緊緊地抿了抿嘴唇。「把口紅印到下唇。」

「我也是這樣……」

塗完了口紅，阿環臉上浮起自嘲的笑容。

「我現在的行為，跟上次見到您時說的那些看法，相差太遠了吧？」

「啊？」

「上次見到您的時候，我完全一副自暴自棄的德行，臉上沒搽粉，頭髮亂糟糟……還向您發表了頓悟的感想，對吧？那時我曾說，因為看到鏡中精心打扮的自己，突然覺得自己好淺薄，也覺得自己用這種方式對抗外遇，很不堪，所以決定不再化妝……」

兼子點點頭說：「『乾脆自甘墮落，就不必跟人競爭了吧。……』妳那時是這樣說的。」

「『這就是我的真面目唷。老公，我這副德行，你還要回家嗎？』那時的我死要面子……」

「……」

「可是啊，其實現在這樣，才是我的真面目啦。」

兼子這才發現阿環今天穿了一身畢挺的套裝。因為她的身材很苗條，套裝穿在她身上非常合身。而且唇上又塗了鮮豔的口紅，這樣一看，阿環倒是個頗有姿色的女人。

「我以為自己已經不再嫉妒……」阿環嘆了口氣，「但我現在卻這樣站在府上的門前。」

兼子不知如何作答，困惑地看著阿環。

阿環忽然變得很嚴肅地說：「但我先生這回跟以往有點不同喔。」

「妳說的不同，是什麼意思？」

「莫名其妙地愛發脾氣，看起來很焦躁。……或許他這回是認真的。」

「認真？就是說，他會捨棄家庭，跟我家的鹽子……」

兼子不由自主地將身子向前探出。

「不！聽我說……」兼子滿懷期待的語氣觸怒了阿環，這種感覺令她突然發現一件事。「夫人，說起塗口紅，您大概從開頭就發現了？」說著，阿環露出痛苦的表情。

兼子看她突然改變態度，不免有點害怕。

「是啊。剛才我就納悶，心想，咦？這是怎麼回事？」

「那妳為什麼當時沒告訴我？」阿環質問。

「因為覺得很難啟齒。感覺妳好像是故意那樣的。」

「怎麼會呢？」阿環用力抬起下巴，一副很不高興的樣子。她冷冷地繼續說：「石澤是不會拋棄家庭的。我們還有孩子呢，而且從前有一段時期石澤沒工作，家裡的經濟還靠我賺錢支撐呢。」

「……但妳說他是認真的。」

「外遇也有逢場作戲和假戲真做的分別喔。這麼簡單的道理，夫人應該明白吧？」

「我家老爺為人太方正了……」

「沒搞過外遇？」

「要是能有那種本事，我倒覺得挺不錯。」

阿環張大了兩眼。「身體不行嗎？」

「不，我跟他在一起二十五年了，只有得香港腳和長智齒的時候去看過醫生。」

阿環突然哈哈大笑起來。

「只有夫人您不知道而已吧？」

兼子不禁有些憤然。「怎麼可能？這種事，我還是知道的。他真的不是那種人。完全就是四平八穩，方方正正的一個人。妳看，有些道路不是在星期天闢為步行者天堂嗎？那個人走到那種地方，還是按照規定，順著人行道過馬路。還有，譬如吃鰻魚便當，他也是從角落開始，把飯畫成方塊，按照順序吃掉。」

「據說，就是這種人才危險呢……」

「妳說的危險，是什麼意思？」兼子不自覺地變了臉色。

「像我先生那種有過很多經驗的人，早已有了免疫能力；但是，像府上的老爺，就不同啦。……萬一碰到什麼機會，就會『砰』地一下……」

「不大可能吧？」

「他也是男人，不是嗎？」

「當然是男人啦。」

「只要是個男人，就不可能沒有那種想法。要麼是藏得很好，要麼是努力忍著，反正是二者之一……」

「……一絲不苟的男人也是有的。我家老爺若是有過那種經驗，這次碰到這種事，也會對鹽子……對妳先生更體諒一些。但他卻堅稱，不能原諒！絕不！」兼子不由自主地揮舞拳頭。

「喔，是這樣啊。」阿環點點頭說：「所以石澤是被府上的老爺打的。」

「他沒告訴妳？」

「沒說啊。我還在納悶……若是被女人打的，怎麼會到早上還消不了腫呢？」

兼子向阿環微微低頭表示歉意。

「太太您也很辛苦啊。」

兩人異口同聲說完這句話，彼此看著對方，最後終於忍不住發出爆笑。剛才那種沉悶的氣氛、敵意、緊張、不安……等等，一下子都消失了。兩個女人互相拍著肩膀大笑起來。然而，兩人的臉上雖然笑著，心底卻有某種苦味正在翻滾。

「其實我們不該有閒情逸致在這兒說笑啊。」

兩人邊說邊笑，突然，笑聲停了，兩人再度彼此望向對方。

靜。

「真是的！」

兩個女人又一齊大笑起來，但那笑聲已沒有剛才那麼響亮。

笑聲停止之後，兩人又陷入凝重的沉默。生疏的琴聲已經消失，周圍顯得十分寂靜。

兩個女人都不再說話，各自低頭喝著杯裡的茶。

修司停下手裡的工作陷入沉思。

「誰來過了？」鹽子提出疑問時，兼子回答說：「妳爸公司的人。」鹽子又問了一遍：「是誰啊？」「宮本小姐。」兼子說：「資材部的……打字員？妳爸手下的女職員，以前曾經來過電話……」

昨晚兼子說這些話的聲音，一直在修司耳中迴盪。

——那是女人的直覺吧？

修司忽然把視線轉向睦子，她正在默默地打字。修司不時地轉眼看她，只見她無意識地舉起手臂，撩起腦後的髮絲。那姿勢不免令人聯想愛情旅館裡可能發生的情景。但是，當修司幻想到重要的情節時，雙人床上那對令人不可直視的身影，卻變成了鹽子和石澤。

「我不答應。絕不允許。」修司不由自主發出低語。

看來手裡的工作是不能專心做下去了。修司拉開辦公桌的抽屜，從裡面拿出一個信封，用麥克毛筆在封面上寫了「慰問金」幾個字，然後從皮夾裡掏出三萬元放進信封。猶豫半晌，決定還是減少一張。他把信封放進口袋，呼喚一聲「大川君」，大川立即來到修司面前。

「上次跟你說的文件，『東西建設』的……」

「已經準備好了。……我明天就送去。」

「他們經理部長是我學弟，我去吧。」

「是嗎？」

「如果時間來不及，送完文件我就不回公司了。」

「您請便。」

修司拿起文件向門口走去。走到睦子的座位後方，他停下腳步。

「明天來得及嗎？」說著，他仔細打量正在打字的文件。

「沒問題。」

「那拜託妳囉。」

他一面說，一面把手放在睦子的肩頭，做出輕輕按摩的動作，又連續「砰砰」地拍了兩下，這才慢吞吞走出去。

出了辦公室，修司的表情突然變得很不安。他站在電梯前焦躁地等待，不一會兒，睦子來了，修司迅速地瞄一眼四周，確定沒有旁人在場，才很快地掏出信封，塞進睦子的工作服口袋。

「給妳母親的，買點水果吧。」修司對滿臉訝異的睦子說。

「部長……」

「等我家裡那些麻煩事告一段落，再找妳一起吃飯，邊吃邊談，傾聽妳的煩惱。」

睦子欣喜地點點頭。

修司面帶悲壯的表情走進電梯。

把文件送到「東西建設」之後，修司立刻朝向石澤的辦公室出發。

石澤的辦公室在一棟外型別致的大廈二樓，時髦的門扉上掛著一塊名牌，上面以英文字母直排寫著：「石澤設計事務所」。

修司非常認真地把腦袋歪向一邊，讀著名牌上的文字。

「石澤．設計……他不是日本人嗎？應該寫日文啊！怎麼用英文寫呢？」

修司滿臉不悅地敲了敲門。

「請進！」房裡傳來一個年輕男人的聲音。

「不要翹起來啦，妳的屁股！」

聽到這話，修司再度感覺不快。

狹隘擁擠的室內到處堆滿了雜物，陣陣嘈雜的音樂傳來，原來辦公桌上有一台收錄音機正在播放音樂。三、四個男女正在桌前工作，牆上貼滿了海報，顯得十分侷促。修司瞥了那些海報一眼，皺起了眉頭。

他向進門第一個位子的年輕男人說：「請問一下，不好意思，我找石澤先生……」

男人抬頭望著修司，身體隨著音樂節拍扭來扭去說：「石澤先生去工作室了。」

「啊？」

「石澤先生在工作室！」

「音樂可以小聲一點嗎？」

有人伸手轉了幾下旋鈕，音量稍微降低了一些。

「哪個工作室？」

「只有電話號碼，他不說地點啦。還取名叫做『祕密堡壘』呢。」

修司壓抑心中的焦躁說：「對不起，請把電話號碼……」

年輕男人唸出號碼，修司拿出筆記本寫下來。

他道謝之後正要走出房間，男人問：「請問你哪位？」

「朋友……」說了一半，修司閉上嘴，然後重新開口說：「不，只是認識而已。」

走出事務所，修司立即轉身向「高島家園」走去。他已燃起堅強的鬥志，決心要把女兒從石澤那兒搶回來。

來到石澤的房間門前，修司用力敲著門。

「哪位？」

房間裡傳來石澤的聲音。

「古田……」修司說了一半，突然驚覺不妥，便裝出另一種聲音說：「石澤先生，您的電報！」

屋裡沒有反應。

「石澤先生，電報！」

修司大聲喊完的瞬間，房門突然向屋內拉開，全身重量都靠在門上的修司便猛地一下倒進玄關。

石澤抱著雙臂正在打量修司，待他站穩身子之後，石澤說：「請把電文唸一下。」

「啊？」修司訝異地反問。

「不是說有電報嗎？電文呢？」

修司露出嚴肅的表情，像小學生朗誦教科書那樣高聲唸道：「還我女兒。段落。父」

石澤爆出一陣笑聲——

「『段落』兩字真是神來之筆啊。您做事很守規矩吧。」

修司露出不爽的神色說：「石澤君……」

「我就是想還，也辦不到呀。」說著，石澤轉眼環視屋內，並且還誇張地攤開兩臂。

「少敷衍我！鹽子！鹽子！」說完，修司就打算向前闖。

石澤動作迅速地一閃身，讓出一條路，讓修司走進去，然後平靜地說：「這是單間小套房附設洗臉台，請您自己找吧。」

房裡看不到鹽子的身影，只有桌上胡亂堆放著畫了一半的作品，還有蓋著床罩的雙人床，氣氛十分淒冷。

「上次……就是在『梅乾』吃了您一拳之後，我跟她還沒見過面呢。」石澤苦笑著向修司說明。

「怎麼可能？」修司差點說出口，卻忍住了。他沉思半晌，對石澤說：「……可是那天晚上，鹽子沒回家喔。第二天早上才回來……」

「她一個人到這兒來睡覺了吧。」

他繼續說：「我回自己家了……被爸爸狠揍一拳……當天晚上，如果還跟您女兒做愛，實在……」

「做愛」這個字眼直刺修司的胸膛。他的目光像箭一般銳利，狠狠瞪了石澤一眼，接著，便連連咳嗽起來。

「您感冒了嗎？」

「我不想聽太露骨的字眼。」

石澤聳聳肩說：「更何況……一想到爸爸的心情，畢竟還是會覺得歉疚……或者也可說是畏縮吧。」

「心懷歉疚的話，乾脆痛快一點，分手吧。」

「痛快一點喔……要是能分的話，就沒問題了。」

修司看到石澤這種旁觀者的態度，更加火冒三丈。

「只要你下定決心分手，不就沒問題了？」

「下決心很容易啊，」石澤臉上浮起苦笑，「但分手卻很困難。就像抽菸一樣嘛。」

「怎麼能把別人家女兒跟尼古丁相提並論呢？」

「心裡知道不能繼續下去，卻沒辦法停止，這一點，兩者是一樣的。不，我說的是一般的情況，也就是指愛上對方的情況。」

「所以說，你也知道自己的行為不對。」

修司臉上的表情好像在說「你看吧」。

石澤點點頭說：「所以上次我不是沒還手，讓您打個痛快了嗎？」

「我不會向你道歉。本來就是被打的人做了壞事。」

「我知道啊。但是，心裡雖然明白，還是覺得這種事，父母出面有點怪，不是嗎？」

「我可是鹽子的父親。」

「我知道。可是，爸爸……」

「不要這樣叫我，聽起來不愉快。」

「那就稱古田先生。我們可不是『犯罪』，是『戀愛』喔。」

「對我來說，就是『犯罪』。」

「這理論很奇怪。愛上一個人，是『犯罪』嗎？」

「你！」修司說著，握緊了拳頭。

「慢著！」石澤立即大喊。但那粗魯的語氣卻再度惹怒了修司。

「什麼！你看不起人……」

「對不起。是我在辦公室養成的口頭禪。」石澤老實地道歉。「我去倒杯咖啡。讓我們慢慢坐下來聊？」

「不需要咖啡……」

「憤怒激動的情況下，不會談出什麼好結果吧？互毆只會給彼此帶來損失，不是嗎？」石澤一面說，一面向廚房走去。

等到石澤的身影消失後，修司重新轉眼打量室內。房裡的擺設非常簡樸，除了雙人床和書桌外，只有地毯上堆了一疊設計相關書籍。牆上貼著一張大型黑白照片，畫面裡的裸體女人擺出大膽的姿勢。

修司不禁大吃一驚，立刻轉開了視線。但他心裡卻放不下照片，所以很快又把視線轉回裸女的身上，從胸部、肚臍一路往下，偷偷摸摸地暗中窺視。

石澤這時站在後面的廚房裡，一面忙著調製即溶咖啡，一面追蹤修司的視線，心中覺得好笑得不得了。

不一會兒，石澤端著咖啡回到房間裡。修司連忙把視線從裸體照片移開。

「爸爸，不，古田先生因為從事鋼鐵行業，所以為人也很剛正啊。」石澤一面說，一面把咖啡杯放在桌上。

「你是柔軟過度了。不，與其說是柔軟，應該說是無恥，不知羞恥啦。」

修司忿忿地說完，石澤卻嘻嘻地笑起來。

「男人不都是這樣嗎？」

「自己是這樣，就以為別人都這樣，那你完全搞錯囉。也有很多男人遵守世間常規，安安分分度過一生……」

「您是說一夫一妻制嗎？」

「說明白一點，就是那意思。」

「那只是表面說得好聽吧？男人啊……」

修司打斷石澤說：「又不是雄性野獸。人類的男性應該都得克己，自制。」

石澤忍不住發出笑聲。

「笑什麼？」

「剛才您看著哪裡呢？」

「啊？」

「這裡，還有這裡。」

石澤用手指著照片裡裸女的胸部和小腹。

修司瞪大兩眼說：「沒禮貌！你！」

「您當然不會立即採取行動。但是，用眼睛欣賞，是很正常的。作為一個男人，不看才奇怪呢。」

修司繼續瞪著石澤。

「……你是故意用這東西設下陷阱，讓人掉進去吧？」

「要幾塊砂糖？」石澤無視修司的憤怒繼續向他問道。

「兩塊。」

「兩塊太多啦。不怕得糖尿病嗎？」

「多管閒事！」

「還是放一塊吧。」說完，石澤把咖啡杯遞過去。

修司接過杯子，一面攪拌一面說：「……當然我也是個男人。不是沒有過心猿意馬的經驗。」修司牽強地點點頭說：「可是啊，就因為顧慮到世間的秩序、對方的幸福，我們應該發揮克己心和自制力……」

「所以，就算愛上了年輕女同事，也不能偷偷在餐桌下把自己的腿貼過去，更不能喝別人杯子裡的水，或邀對方共進晚餐。」

修司聽到這兒驚呆了，手裡的咖啡杯也發出「磕嗟磕嗟」的聲音。

「你說些什麼！不要顧左右而言他。」

「要是我說錯了，向您道歉。」石澤低頭把視線轉向修司的咖啡杯，「但它怎麼『磕嗟磕嗟』響個不停呀。」

「……沒禮貌！」

修司忿忿地吐出這句話，臉上的表情卻已從憤怒變成了不安。因為他覺得石澤這傢伙變得有點恐怖。

石澤看出了修司心生畏懼，便對他說：「不要用那麼警戒的眼神看我嘛。我只是想說，爸爸，不……古田先生，您跟我一樣，都是男人啦。」石澤看著面無表情的修司，似乎覺得很有趣。「剝掉外面這層皮，大家都是打著相同算盤的男人嘛。都喜歡看裸體，一旦發現好女人的話，欸，都是好色的雄性動物啦。」

「不，各有節制……」修司的語氣已沒有剛才的魄力。

石澤打斷他說：「一個是隨時隨地冒險實現願望的男人，一個是想要實現願望卻沒膽量的男人。」

「不是只有這樣！」

「別吼啊！」

「你說實現願望，是吧？那就乾脆做得徹底一點，怎麼樣？」

修司突然話鋒一轉，矛頭指向石澤，害他一下子說不出話來。

「如果真的那麼愛鹽子，你就放棄老婆孩子，跟鹽子結婚吧。如果是這樣的話，我可以考慮。」

「古田先生……」

「你嘴裡說得倒是好聽，其實是兩邊都不吃虧吧。被女友的老爸打了，你就頭也不回地回自己家去了。鹽子那天晚上可是一個人回到這裡來睡覺喔。」修司愈說愈激動。「在她自己父親面前假裝你也在這兒……一想到那孩子，獨自一個人在這兒……」說到這兒，修司已激動得無法呼吸。「想到那孩子的心情，真是太悲哀了……」

「您的意思是，那天晚上我住在這裡反而比較好囉。」

「混蛋！我不是在說這個！我是叫你表明態度，究竟要選哪邊？」

就在修司發出怒吼的瞬間，咖啡從杯裡潑出來，弄溼了他的長褲。

「爸爸！」

「不要叫我爸爸！」

石澤忍不住笑了起來。

「這可不是好笑的事情。」

「可是，我覺得爸爸……好可笑喔。也覺得您這個人很不錯。」

石澤掏出自己的手帕，替修司擦拭著長褲。

「我好像開始喜歡爸爸了。」

「我對你可是討厭極了！」

說完，修司狠狠地瞪著石澤，但他的表情已比剛才柔和了一些。

不知為何，這兩個關係像油與水的男人，現在竟對彼此生出了親近感。

黃昏時分，南美從外面回到編輯部，迎面看到一個男人站在門邊。這個身材瘦削高䠷的男人……就是佐久間。他正在吸菸，看來已在那裡站了很久，因為他腳邊丟滿了菸蒂。

「……你可不要把我們大樓燒了！」

南美把門推開一半，也不關門，就直接走進室內。鹽子正坐在桌前校對，南美進去在她肩上「砰」地拍了一下。

「幹麼呀？」

「他一直站在那裡喔。」南美說著用手指了指門外。

「誰呀？」

「妳的前男友。」

鹽子滿臉訝異地朝走廊邁步。

「今晚跟我見個面吧？」佐久間一看到鹽子的臉孔，便立刻對她說。

「我們應該已經分手了。」

「我有話對妳說。」

「什麼話？」鹽子不高興地說：「先告訴你吧，如果是想談石澤先生，我已經跟他分手了。」

「分手了？」

「害你費心啦。我已經下定決心，因為照這樣下去，將來吃虧的肯定是我。」鹽子的語調雖然沉重，語氣卻很堅決。「如果趁現在，我還能跟他分得開。」

佐久間的臉上重新燃起生氣。他把菸蒂用力拋向一邊。

「今晚一起去喝一杯吧。」

「對不起，我還有工作。而且……」鹽子移開了視線。「我實在沒那個興致，跟A分手之後，立刻去跟B一起喝酒。」

「……我了解。」佐久間點點頭。

走出鹽子的辦公室之後，佐久間找到一個電話亭，給古田家打了一個電話，並把鹽子剛才說的話轉達給兼子。聽筒裡傳來兼子興奮的聲音。

「分手了？……鹽子真的這麼說了？」

「她表達得非常明確，表情看起來也很痛苦，臉色憔悴，所以絕對不是騙人的。」

「一定是她感受到佐久間先生的心意了。那孩子若不是昏了頭，還是會好好兒考慮自己的一生啦。」電話的另一端傳來了兼子的喜悅與安心。

「太好了……謝謝您。」兼子向佐久間連續道謝了好幾遍。

「了不起！小鹽，妳真棒！」庄治把小酒杯交給鹽子，幫她斟上一杯酒。

「妳下這個決心，可真不容易喔。」須江用手壓著醃菜缸，臉上露出安心的表情。

這個時間，「梅乾」店裡除了鹽子以外，還沒其他顧客上門。所以，鹽子並沒坐在店裡，而是躲在內側小客廳的暖桌裡取暖。

鹽子一口喝乾杯中的液體，又從醃菜碟裡抓起一顆辣韭，丟進嘴裡。

「我向自己下了命令。倒要看看，不跟他見面，自己能忍耐幾天。」鹽子的神色顯得非常自豪。

庄治和須江點點頭，兩人都是滿臉尷尬。

「第一天真的好難熬啊。如果手裡沒工作的話，差點就要跑到公寓去了。所以，我拚命找事做，真的是拚命地忍著。」

「妳完全沒再見過他？」須江問。

鹽子點著頭說：「我想了很多很多。再這樣混下去，以後可不得了……」

「雖然嘴裡說什麼愛情啦、愛人啦，都只是好聽而已，要是按照從前的說法，就是地下情婦啦。」

「對，小三。」庄治和須江異口同聲地回答。

鹽子苦笑起來。

「我們都避免使用那些字眼，總是用時髦的說法表達，但事實就是如此。做父母的，太可憐了……」

「是啊，父母可傷心了。」庄治又給鹽子的空杯裡斟上酒。

「從妳出生到長大，媽媽幫妳洗過多少尿布，想一想那個數字啊。要是妳走上歧途，媽媽多可憐。」

鹽子點點頭，一口氣乾掉杯裡的酒精。

「哎呀！下定決心之後，酒的味道也變好喝了。」

「妳跟石澤先生說過了？」庄治問完，看到鹽子搖搖頭。「還沒告訴他？」說完，庄治嘆了口氣。

「阿爸您幫我告訴他吧？就跟他說，『我考慮再三，決定跟他到此結束』……『長久以來，我對他很感謝』……」

「我會告訴他。」

「還要跟他說，『……那段時間好快樂』。」鹽子的語氣裡充滿了感情。

庄治卻有點為難地抓抓腦袋說：「這也要我去說？」

「嗯。」

「那我去說吧。」須江自告奮勇說：「我一直很想說一次那種話。」說完，又模仿鹽子的語調說：「『好快樂……』。」

「不要在這兒練習。」

三人一齊發出笑聲。

就在這時，忽然聽到有人走進店裡。

「咦，沒人嗎？」

一個男人的聲音傳來。鹽子嚇了一跳，全身僵硬起來。

「是石澤先生。」須江慌慌張張地站起來。

鹽子雙手合十，拜託庄治夫婦幫她掩飾過去。夫妻倆點點頭，拉緊紙門，向店內走去。須江走下水泥地，順便把鹽子的鞋子塞進門框下的空間。

石澤已經坐在櫃台前，神情顯得十分沮喪。

「怎麼了？」庄治一面問，一面繞道走到櫃台裡面。

「嗯？嗯……」

「你看起來很沒精神喔。」

「給我來瓶滾燙的。」

「小瓶清酒一瓶，熱的！」須江大聲嚷道。

「不用吼那麼大聲，我也知道。」

半晌，店內瀰漫著難堪的沉默。

庄治把熱好的小酒瓶和小酒杯放在石澤面前，須江幫他斟滿一杯。

石澤端起來喝了一口。

「我弄丟東西了。」

「錢包嗎？」

「裡面裝了多少錢？」

庄治夫婦連聲問道。

石澤露出苦笑說：「用錢買不到的東西。」

「是什麼？」

「我最寶貝的一件東西。」

庄治夫婦看了彼此一眼。

石澤又喝了一口酒。「最初我還不覺得那東西有那麼重要。」說著，他嘆了口氣。

「誰知等我失去了它，不得不放棄時……我才發現它竟然那麼重要。可能比我從前擁有過的任何東西都更棒、更耀眼。現在要是搞丟它，可能我這輩子再也得不到它了……」

石澤臉上看不到以往那種輕佻的神色，看來他已說出肺腑之言。

「所以我只好放棄了，因為不能不放棄啊。」

石澤像要說服自己似的，說完，仰頭喝了一口酒。

庄治用力點點頭說：「石澤先生啊，你很了不起！」

「跟剛才說的一樣嘛。」須江低聲嘀咕著。

「混蛋！」庄治輕聲斥責後，瞪了她一眼，又重新說了一遍：「你很了不起，男人就該這樣。」說完，他又幫石澤斟了一杯酒。

石澤正要喝光杯裡的酒，突然停下手，抬頭看著庄治說：「還有一件事，也是為了表現我有風度才說的喔。請轉告小鹽，下次再要談戀愛，要找個沒被人用過的，不要找我這種有老婆孩子的男人。」

「我會告訴她。」

「她到這兒來借酒澆愁的話，給她喝一小瓶，就讓她回家吧。」

「知道。」

「還有啊……」說了一半，石澤說不下去了。

「怎麼了？」

「哎唷！一個大男人竟然流眼淚。」

須江剛說完，「砰」的一聲，紙門被人用力打開了。三人同時轉頭望向發出聲音的地方。只見鹽子光腳站在外面的水泥地上。

鹽子注視著石澤的眼睛，停頓數秒，便猛然向前衝去，撲倒在石澤的懷裡，又舉起拳頭狠敲他的胸膛，一面敲，一面不斷哭泣。

石澤一動也不動地承受著鹽子的拳頭，一面被她敲著胸膛一面不斷嗚咽。

不一會兒，鹽子和石澤彼此依偎著走上歸途，庄治夫婦也提前收起招牌，一面嘆著氣，一面準備打烊。

當天晚上，鹽子沒有回家。

石澤也沒有回家。兩人相伴在「高島家園」待到早上。

古田家的起居室裡，修司和兼子整晚都在等待女兒歸來，幾乎連一秒都沒闔過眼。兩人最後放棄等候，一起鑽進棉被的時候，黑夜的天空已在逐漸轉亮。上床之後，修司仍然無法入睡。沒過多久，送報少年把早報丟進院內的聲音傳來，修司又拖著睡眠不足的沉重肉體走出玄關，把早報撿回來。

他懷著一肚子憤怒的情緒。

——好！我要打到那個石澤的事務所和公寓去，不會輕易放過他！

這想法雖在修司的腦中盤桓，但在心底某個角落卻又有另一種想法：

——這樣也很好啦……

或許「很好」這個字眼有點誇張，但他心中確實混雜著一絲「欣喜」……不，應該是一種「還不錯」的感覺吧。

為什麼我會覺得還不錯呢？修司想，因為以後還能看到石澤那傢伙啊。石澤是個令人無法對他深惡痛絕的男人。修司對自己感到困惑，因為他從那傢伙身上感受到某種奇異的親近感。

修司拿著早報茫然佇立，兼子這時已在睡衣外披上一件外套，並在凝神注視丈夫的背影，她的臉孔也因為睡眠不足而顯得有些浮腫。

5

每天到了午休時間，公司頂樓的陽台上聚集了許多女職員，有人打排球，有人練習合唱，還有人享用三明治，或是編織毛衣。

這天，修司跟佐久間也登上了頂樓。他們找了一處距離喧鬧人群較遠的位置，並排靠在欄杆上。兩人都盡量不讓自己的視線跟對方交會，而且都像跟自己過不去似的，狠命地抽著香菸。

「從那天開始，鹽子就沒再回家！」修司焦躁地噴出一口煙說：「到那男人的公寓去了……」

「那不是很奇怪？」佐久間丟掉手裡的香菸，又用鞋尖把菸蒂踩熄。「上次好像聽說，鹽子小姐考慮再三，決心要跟對方分手……」

修司打斷了佐久間。「那男人也是這麼說的。據說他們一直都沒見面，似乎已經分手的樣子。後來情勢逆轉了吧。」

「逆轉？」

「起先勉強壓抑下去，然後『砰』地一下，像山洪爆發那樣……」修司說著緊握雙手，做出推擠的動作。「就像這樣，一下子衝破堤防了吧。」

「她從家裡搬出去了？」

「……到今天已經滿一週了……算是搬出去了吧。」

聽到這兒，佐久間覺得自己實在很沒面子。

「怎、怎樣離開家的？我是說……就是說，那個……她正式把兩手放在地上，向父母行禮說『長久以來，感謝父母養育』之類的嗎？」

「如果是那樣，我拚老命也得把她攔住啊。」

「那……」

「像平時那樣，早上出門上班，然後就沒消息了……」

「您也隨她去嗎？我是說，離家之後，您沒有到她上班的地方或公寓去，把她拉回來？」

修司嘆了口氣。

「……我老婆說她要去拉，但我叫她不要去。又不是十七、八歲的小孩。她都已經二十三歲了，既然要拋棄父母、兄弟，離家出走，那應該已做好心理準備了吧。更何況，現在正在勁頭上，硬去拉她，等於是火上加油嘛。」

佐久間沉著臉點燃一支菸。

「蠢啊。實在混蛋！已經有你這麼好的男朋友還……」

「我才不是她男朋友呢。如果是男朋友的話，就不會變成這樣了。」

「事到如今，我還是想問問你，為什麼沒對她下手？你說啊！」

修司顯然是想把氣撒到別人身上。誰知他剛把箭頭指向佐久間，突然，不知從哪兒飛來一個排球，不偏不倚地擊中修司的額頭。

「危險喔！」

「對不起！」

佐久間喊完縮起身子。

遠處幾名女職員彼此撞來撞去，卻都在嘻嘻地偷笑，或許因為都正好是愛笑的年紀吧。

修司把排球丟還給那些女職員。

「那孩子從小就比較缺乏辨別能力。」修司把話題重新拉回女兒身上。「以前還常跟著撈金魚的老闆，或四處演奏討生活的『東西屋』[1]，跟在那種人的屁股後面到處亂跑，最後弄得自己找不到回家的路。」

「……」

「這次她碰到狡猾的『東西屋』啦。」

說到這兒，兩個男人同聲發出嘆息。

而在「高島家園」這邊，則是另一番光景。

身穿方格花紋外套的石澤哼著歌曲走進公寓的玄關，一條五彩繽紛的圍巾繫在他的脖上，也在迎風飛舞。石澤一面哼歌，一面配合韻律踏著舞步。這時剛好有位母親從公寓裡出來，與他擦身而過，母親牽著一個三、四歲的小女孩，看起來很像外國人。

哇！好可愛唷。石澤故意誇張地聳聳肩，似乎想表達讚嘆。他踏著輕快的舞步走過去，又忽然轉過身，打量著小女孩，這才像跳舞似地跳進電梯。他那輕浮的動作，彷彿就是東西屋的表演。

走到房間的門外，石澤伸手按一下門鈴，卻沒人應門，只好拿出鑰匙打開門走進去。

鹽子不在屋裡。桌上放著一張紙條。

「我回去拿換洗衣物。」

紙上寫著這幾個字。

石澤心底湧起一陣不安，十分專注地凝視著紙條，深深地嘆了口氣。

兼子筋疲力竭地把購物袋丟在地上，然後彎身蹲在玄關前面。地上兩個紙袋都塞得滿滿的，差不多快要撐破了，袋裡裝著剛從著超市買來的物品，其中包括大蔥、衛生紙等等。

兼子嘆了口氣，正要拿出鑰匙，卻聽到屋內傳來一陣急促的腳步聲。越過玄關的毛玻璃窗，她看到阿高站在樓梯下的身影。

「回來了！媽回來了！」

阿高的聲音壓得極低，接著又聽到有人踩著樓梯的聲音。

「姊，快點，從廚房出去！快點，廚房！」

1 日本舊時代刻意精心打扮的街頭音樂家，受委託為所在地區的商品或商店打廣告。

聽到這兒，兼子突然明白了。她從地上一躍而起，用身體撞開院子的木門，又踢掉腳上的草履，然後拚命向後門奔去。

到了後門口，兼子正要伸手拉開門扉，鹽子卻從院內推門而出。她的兩手分別提著一個波士頓包和大紙袋。阿高站在鹽子身後，臉上露出不知所措的表情

「妳回來啦。」兼子氣喘吁吁地說。

半晌，母女倆一言不發地瞪著對方。

還是鹽子首先恢復了平靜，她故意帶著挑戰的語氣說：「不是『我回來了』，而是『我要走啦』。」

「要到哪去？」

「不用問也知道吧？」

兼子仍然喘息不停，只用兩眼瞪著女兒。

「去石澤先生的公寓啊。」

「去幹麼呢？」

母親這句話突然激起了鹽子的羞恥與憤怒，她高聲大笑起來：「哪有父母會問這種問題？」

「因為是父母，所以才要問。」兼子的態度顯示她將堅決勸阻女兒。

這時，附近一位鄰居太太剛好從門外經過，她越過牆頭向兼子打招呼說：「天氣變冷啦。」

兼子也趕緊裝出笑臉說：「是啊，早晚都變冷了。」

鄰居太太走遠之後，兼子重新露出阿修羅般的怒容說：「對女孩子來說，不管以什麼形式離家，等於就是嫁出去了。但妳呢，這是幹麼？偷偷摸摸，像個小偷似地從後門……妳不覺得丟人嗎？」

「不覺得啊。」鹽子不高興地把臉轉向一旁。「像媽媽這種相親結婚，婚禮前夕還在猶豫不決、考慮作罷，跟這種婚姻比起來，還不如投奔自己的真愛呢。我覺得這種做法更純真。」

「讓別人傷心流淚，也算純真？」

「這完全是次元不同的兩碼事，不要相提並論啦。」

說完，鹽子就打算從母親身邊溜走。兼子卻一把抓住女兒的手臂。鹽子甩開母親，打算趁隙逃走，但兼子用力抱住了女兒。

「等一下！」

「幹麼呀。」

「既是反抗父母離家出走，那就空手出去。」

鹽子停止了掙扎，吃驚地看著母親。

「那些東西全都是妳爸辛辛苦苦……他一個二流大學畢業生，沒有了不起的親戚，更沒有任何可以依靠的關係。就憑他自己認真做事，咬緊牙關拚命幹，好不容易才爬上現在的位子，那些東西全是妳爸的血汗……」

「關我什麼事！」

「有關係！當然跟妳有關！就算是一件毛衣，也浸著妳爸的辛勞啊。可不是為了讓他女兒去跟有婦之夫私奔才買的。」

「知道了！那這樣總行了吧！」

鹽子氣憤極了，用力把波士頓包扔出去，又把紙袋翻轉過來，倒出袋裡的物品，只見各色各樣的毛衣、裙子霎時散落在地上。

丟掉紙袋之後，鹽子正要轉身往外逃，兼子卻衝上去用力拉住她。

「好痛！幹麼呀！」

「拿走……」

「不需要。」

「拿走……我突然想起，小孩滿二十歲之前，父母還是有扶養義務的。」

「那就是說，成人式之前買的東西，都可以拿走的意思？」

兼子蹲下來，動手撿起散落滿地的衣服，一面抖掉灰塵一面說：「這是前年買的，不要吧？這件……這不是成人式的時候買的？」

兼子把撿起的衣服一件件遞到鹽子面前。

「這件，喔！這是……」

「是我自己買的。」

鹽子正要把手伸向那件手織毛衣，兼子卻迅速縮回了手。

「這是我買的啦。我在商店櫥窗外看到，覺得很適合妳穿，誰知買來以後竟變成鬆垮垮的……」

兼子把毛衣上的灰塵撢掉，裝進紙袋。

「注意身體，不要感冒囉。」

她把紙袋交給鹽子後，低聲說了這句話。

鹽子呆站著不知如何是好。

阿高在一旁為難地看著母女倆鬥嘴。

修司滿臉贊同的表情翻閱大川交來的文件。

「原來如此，原來如此，原來如此。」

他雖然很仔細地反覆檢視文件，但究竟為什麼連連表示「原來如此」，他也說不出理由。因為他的注意力根本無法集中在文件上。

——「原來如此」……「原來如此」真是一句方便好用的日語啊。

修司莫名其妙地感嘆著：「原來如此，原來如此，原來如此。」

大川露出訝異的表情問：「……就把這拿去印刷，可以嗎？」

「原來……」修司說了一半，又趕緊改口說：「那就拜託你了。」

大川捧著文件走回自己的座位。修司突然抬起頭，看到睦子已暫停打字，眼中充滿擔憂地看著自己，他趕緊轉開了視線。

女兒離家出走以後，修司整天都在煩惱女兒與石澤的問題。他們之間今後會演變成什麼狀況？自己究竟該如何是好？想到這些問題，腦中不免浮現出各種場景：

「高島家園」的那個房間裡，修司和兼子、鹽子和石澤，四人齊聚一堂。修司猛然揮出一掌，擊中了石澤；接著舉起拳頭，打中了想要保護石澤的鹽子；然後又補上一腳，踢開了正要阻止自己的兼子；接下來，修司終於在石澤身上盡情地拳打腳踢一陣。

修司幻想著這種情景，心中的怨忿終於減輕一些。不過，他馬上又想到：

——這樣可不行！

他趕緊揮開腦中的幻想。這樣亂打一通，只會讓問題更難解決吧。

那麼……緊接著，另一個新場景又在修司的腦中浮現：

他正跪在石澤面前，額頭連連碰撞地面，向石澤苦苦哀求，眼中甚至還流下了男兒淚。

——誰會這樣啊！那樣的傢伙，幹麼向他低頭？

修司在腦中的畫面上打了一個大紅叉。

要不然，採用這種方法如何？

修司正用手掐住石澤，把他的腦袋摁進洗抹布的水桶裡。修司憤怒得發狂，反覆再三地把他的腦袋摁進水裡。只聽「噗」地一聲，石澤吐著水向修司求饒：

「爸爸，對不起。」

「什麼爸爸。誰是你爸爸！」

修司大喊，繼續把石澤的腦袋壓進水桶。

「像你這種人，不配喊我爸爸，可惡！」

石澤連連求饒，修司還是不斷把他的腦袋摁進水裡。

——真的好想這樣好好教訓他一頓……

修司的表面佯裝平靜，不斷用手翻著文件，其實他心裡已經決定暫時觀察一陣。兼子也向他下達了命令，叫他「不可妄動」。

「現在還是暫待火勢漸弱吧。不要主動採取行動。弄得不好，說不定會造成不可彌補的錯誤呢。」

事實上，今早出門之前，妻子已這樣告誡過修司。但他就是覺得非常不安，不知不覺中，他的手已經離開文件，拿起了電話聽筒。

電話撥到石澤的事務所，呼叫音響了半天之後，聽筒裡乍然傳來收音機發出的噪音。

「啊，石澤君喔……」接電話的人，正是上次見到的那個說話喜歡拉長語尾的娘娘腔男人。

「喔！原來是找我家老闆？哈哈哈。」男人發出一陣輕薄的笑聲。「他在祕密堡壘啦。就是工作室。啊，請問你哪位？」

修司「喀嚓」一聲掛斷了電話。

不可妄動！妻子明明已經提出告誡，自己卻還在這兒撥電話，實在太可悲了。他一面嘲笑自己，一面又拿起了聽筒。

電話撥到「高島家園」，石澤似乎早已等待多時似的，立刻發出開朗的回答聲：

「喂喂！喂！」

修司手裡抓著聽筒，茫然不知所措。他不知道自己應該說些什麼。

「喂喂！」

石澤連聲詢問著，聽筒裡感覺得出他的緊張。

「……喂！」第三次發問後，石澤的聲音裡出現了警戒感。

修司繼續保持沉默，忽然，「呼」地一聲，聽筒裡傳來一陣怪異的聲音。原來是石澤對著聽筒吹了口氣。修司不由自主地舉起一手摀住耳朵。他皺起眉頭正要掛上電話，突然又想到，何不模仿對方一下？所以他也對著聽筒吹了一口氣。

聽筒那端的石澤用手摀住耳朵，氣憤地掛斷了電話。但在掛斷的瞬間，他又感到某種不安。莫非，這電話是妻子阿環打來洩憤的？

猶疑半晌，石澤拿起電話撥了號碼。呼叫音響了幾聲，阿環接起電話。

阿環剛剛才陪年幼的女兒過完一個慵散的下午。她今天也沒化妝，穿著寬鬆隨意的服裝，懶懶地對著聽筒說：「這裡是石澤家。」

「……是我。」

「怎麼回事？」

「啊？沒什麼。」

「好稀奇唷，你竟然打電話回來。」

「……喔，嗯，哪裡，是想問問朝子還好嗎？喔！妳不是說，她好像有點發燒？」

「大概沒事。幼稚園再請假一天的話……」

「是嗎……？」

「爸爸嗎？」聽筒裡傳來朝子的聲音。

「嗯，不知他怎麼回事。」阿環對女兒說。

「……那就這樣吧。」

石澤放下聽筒，露出疑惑的表情。

——不是她的話……那是誰呢？

石澤思索半晌，啊！難道是……？腦中突然靈光一閃，修司的臉孔在他腦中浮現。

下班的鈴聲響起，第二資材部的職員一齊開始收拾桌子，準備下班。首先是由大川帶頭，其他同事也跟著向修司打聲招呼，離開辦公室。修司抓起大衣，從椅子上站起來。

就在這時，睦子走到他的身旁，把剛打好的文件放在修司的桌上。

「好，辛苦妳了。」

修司拿起文件，隨意瀏覽一下，就打算收進抽屜。睦子站在一旁默默注視著。她轉身離去之前，很謹慎地避開其他同事的耳目向修司說：

「部長，您好像很累啊。」睦子說話的聲音非常低。

「的確有點累。」修司露出苦笑。

這個時段最危險，修司暗自警惕。只要自己開口提議：「一起去吃晚飯吧？」睦子肯定開開心心地跟來。但是，現在不行！現在可是關鍵時刻！……修司在心底告訴自己，然而，期待跟睦子約會的心情卻像沸水裡的泡沫，正在咕嚕咕嚕不斷翻滾。現在這種狀況下，只吃一頓晚飯，應該沒辦法結束的。萬一發生了那種事……自己還有什麼臉面去教訓女兒？這正是現在修司最感不安的重點。

睦子回到自己的座位開始準備下班。修司一面用眼角追隨睦子的身影，一面脫掉拖鞋，換上皮鞋。

「那我先下班了，明天見。」

他故意說得很大聲，說完，向門口走去。

「明天見！」還沒下班的同事也向他道別。

修司拉開房門時轉過身又說：「大家辛苦了。」

他沒再向睦子那邊張望，便走出了辦公室。

離開公司之後，本該直接回家。女兒已不回頭，家裡就像缺了齒的梳子，淒淒涼涼，空空蕩蕩……想到這兒，修司實在不想回家面對妻子。就在這時，一個念頭突然閃進腦海，他決定到「梅乾」去喝一杯。

「梅乾」店裡還沒有其他客人，修司在櫃台前坐下，點了一小瓶燙清酒。

庄治和須江都露出為難的表情，卻都沒有開口說話。庄治默默地把清酒裝進小酒瓶，須江則有點害怕似地一面盯著修司的背影，一面把醬油倒進小醬油瓶。

「最近他們到這兒來過嗎？」

夫妻倆聽到修司這個唐突的疑問，都嚇了一跳。

「啊？」

「那兩個人……就是……石澤君和……我家的鹽子。」

庄治夫妻互相看著對方。

「沒有，沒來過唷。」

「最近突然……不見人影了。」

「喔？啊，那當然啊。他們自己租了公寓，不必到這兒來相會了嘛。哈哈，哈哈，哈哈哈。」

修司發出一陣顫抖似的笑聲。

難堪的沉默從空氣裡流過，三個人都只聽著壺裡的滾水發出極大的聲響。修司覺得這種沉默實在難捱，便一口喝乾酒杯，把杯子越過櫃台伸出去。庄治搖著手，不肯接過杯子。

「你也能喝吧？」

「不……」

「不願喝我的酒嗎？」

「我不配喝呀。」庄治看到修司臉上的不悅，又加了一句：「幹了壞事嘛。」

修司露出痛苦的表情，收回手裡的酒杯。

「你們這家店，好像一個括號，把他們圈在一起。」

「那段時期，哎呀，那時還沒出問題。」須江的聲音顯得很淒涼。「我還提醒她：『小鹽，妳要小心那個人喔。』可是啊，我說了之後，小鹽就不來我們店了。」

庄治沒精打采地垂著腦袋。須江繼續說下去：

「那時她還叫我們阿爸、阿母……喔！抱歉，在本尊面前說這種話。」

「……你們沒小孩？」

「沒有。」須江說著瞥了庄治一眼。「這傢伙，天生不帶種。」

庄治仍然垂頭喪氣地一句話也不說。

「他小時候得過腮腺炎啦。咦！」說了一半，須江突然大喊一聲。「也有無籽西瓜呀！這東西怎麼繁殖呢？不是沒有種子嗎？」

「蠢貨！」庄治低聲斥責著，修司露出了苦笑。

「世界上，想不透的事可多了。」

修司又把酒杯遞出去，勉強塞進庄治的手裡，然後幫他斟上一杯。

「最初聽到消息的時候，我對你們確實懷有恨意，還懷疑你們表面上開著小酒店，實際卻是在拉皮條。」

「什麼拉皮條呀。」

「哎呀，哎呀，聽我說完啊。我曾經那樣懷疑過，只是『曾經』嘛，但後來仔細想想，這樣懷疑你們是不對的。因為他們又不是小孩，我不該把責任推到別人身上，更重要的是，就算你們提出了忠告，他們想見面的話，也能到別處去見嘛……」

「不過，幫忙找公寓這種事，確實是不該做的。」

修司有點不悅地說：「這真的很過分喔。」

「他這個人啊，根本沒玩過，因為臉孔長這樣嘛。而且這個……」說著，須江圈起手指做成圓形，暗示財力，「……也沒有。我呢，又很……」須江又用手放在額前，做出兩根犄角的形狀，表示自己管很嚴。「也因為這些理由，你啊，碰到小鹽這次的事情，就張羅得很有勁，好像自己在搞外遇似的。」

須江帶著責備的語氣說到這兒，庄治很不高興地說：「妳是在說自己吧。不是妳說的嗎？啊！哪怕只有一次也好，臨死之前真想嘗嘗『戀愛』的滋味！是妳自己搞『混同』吧。」

「你倒是很會撇清啊。」

「喂！」

夫妻倆你一言我一語鬥著嘴，修司卻不知從何時起獨自喝著悶酒。兩人突然驚覺修司的視線，都面帶羞愧地看著彼此。

修司默默地自斟自酌，液體從杯裡滿了出來，他端起杯子一口喝下去，苦澀的滋味在嘴裡逐漸擴散。

大約也是同時，古田家的起居室裡，兼子正在照顧阿高吃晚飯。壁鐘突然發出聲響。兼子望向時鐘，但視線卻在空中游移。

「現在的國語課，都教些什麼內容啊？」

阿高沒有回答，只發出一陣「嘿嘿嘿」的笑聲。

「笑什麼？」

「您昨晚也問了相同的問題喔。」

「是嗎？」

沉默半晌，兼子又看一眼時鐘。

「我也吃晚飯吧。」

說完，兼子盛了一碗飯放在桌上。接著又深深地嘆口氣：「唉呀！」

「吃飯前嘆什麼氣，又不能改變什麼。」

她一面自嘲，一面把飯撥進嘴裡，但那米飯吃起來就像沙子，一點味道也沒有。

這天晚上修司喝了很多酒，最後終於醉倒了。庄治和須江合力將修司扶進店後的小客廳，讓他睡在暖桌下。

不一會兒，須江走回小客廳觀望，發現修司睡得很熟，便拿出毛毯幫修司蓋上。

「這時候半七姑娘到哪去了，在做些什麼，嘰哩咕嚕，嘰哩咕嚕……」修司嘴裡忽然冒出一陣囈語。

「真悠閒啊，還會說夢話喔。」須江回到店內向庄治報告。

店裡還有另外三名同來喝酒的顧客，都已喝得很醉，正在大聲喧譁。

「夢話？」

「說什麼『這時候半七姑娘，到哪兒去了，在做什麼……』之類的，嘿嘿嘿。他不是說最近氣憤得晚上都睡不著嗎？現在怎麼打著呼嚕，睡得得那麼熟？」

須江不以為然地向丈夫抱怨，庄治卻陷入了沉思。

「就會指責別人，自己卻在那兒嚷著什麼『這時候半七』，什麼跟什麼啊？」

「半七就是女孩啦，是指年輕女子。」

「啊？」

「『這時候她在幹麼？』……這表示啊，他雖然睡著了，腦子裡卻沒法忘了那個人。」

須江驚訝得睜大兩眼，夫妻倆不由自主地望向小客廳。

「這時候半七姑娘……」

修司的囈語傳入耳中，兩人都抬眼看著彼此。

正在這時，門口的暖帘被人撥開，一位顧客探頭進來張望。

「對不起，馬上要打烊了。」

修司只記得自己在「梅乾」的小客廳把腳伸進暖桌，他的記憶到這兒就斷了，之後發生了什麼，他的腦中只剩下一片空白。接下來，他記得自己好像迎著夜風在哪兒漫步，等他清醒過來，自己已站在「高島家園」的門前。

公寓裡悄然無聲，大部分住戶的窗口都已看不到燈光。修司驚得全身一顫，連他都覺得自己很可怕。

——怎……怎、怎麼走到這兒來的？我來……來這裡幹、幹麼？

連他自己都答不上來。要是現在闖到那個房間去，就得欣賞那種自己不想看的畫面。他心裡雖然明白，兩隻腳卻兀自向前移動，最後就走到這裡來了。

「回家，回家！」修司大聲告訴自己。

就在他轉過身，正要往回走的時候，一個男人從公寓大門走了出來。那個人竟是石澤！修司吃驚地瞪著石澤看了一秒，下一秒，他就迫不及待地跳到石澤面前。

「哇！」石澤驚叫著向後一仰，然後壓低音量說：「爸爸，不要嚇我啦。」

「……你要到哪去？」

「啊？」

「我在問你，要到哪裡去。」

「不是去，是回去啦。」

「回去？」

石澤突然很不好意思地說：「……家，我回家啦。」

「回家……是嗎？」修司露出笑容。「不好意思回家吧？」

「啊？」

「已經幾天沒回家了？」

其實仔細打量就很容易看得出來，石澤是剛從床上爬起來的模樣。或許因為還沒睡醒的緣故，只見他張開嘴，差點就要打個大呵欠，卻又拚命地忍住了。

「已經幾天……昨天也……不，只是回去一下而已，每天晚上都……」石澤吞吞吐吐地說：「……都回家了。」

修司不可置信地連連眨著眼皮。

「你每天晚上都回家？」

「嗯，差不多。」

「把鹽子留在這兒，你回自己家去了？」

說完，修司立刻一把抓住石澤胸前的衣服。

「爸爸……」

這時，一個男人正要走進公寓，卻停下了腳步，站在旁邊觀看兩人的動作。

「別人會看啦。」

石澤用極低的聲音表示抗議，但修司就是不肯鬆手。

「你是兩邊跑？」

「好痛啊……」

「我要跟你談談，來……」

修司揪著石澤胸前衣服往前走去。

「到哪去？」

「那對夫妻開的『梅乾』。」

「那裡已經打烊啦。」

「敲門叫他們起來開門就行了吧？」

「您也考慮一下他們的年紀吧。好可憐啊。別的不說，現在這時間，太失禮了。」

「自己幹了失禮的事，還敢說什麼？」修司完全沒有放手的意思。

「拜託放手啊。您的力氣好大喔。」

石澤一面發出悲鳴，一面暗自得出一個悲壯的結論：今天整晚都得陪著修司喝個夠吧。

不一會兒，兩人走進一家石澤熟識的兔女郎俱樂部。

店裡那些兔女郎都穿著魚網襪，臀部裝飾著白色絨球狀的兔尾巴。吵死人的音樂不斷傳進耳中，兔女郎都像游泳似地在店內來回遊走。修司露出一副苦不堪言的表情，挺著背脊坐進了包廂。儘管他裝出不情願的模樣，眼珠卻閃來閃去，很不安分地打量著那些兔女郎。

石澤舉起手，向一個熟客模樣的男人打聲招呼：「喂！」然後向侍者吩咐：「給我平時喝的。」一副故意炫耀自己人頭很熟的模樣。

石澤又拿出香菸，遞給全身僵硬的修司：「請您抽菸！」

修司毅然決然地拒絕了。「『寧渴不飲盜泉水』。」

「盜泉？」

「盜竊的『盜』，泉水的『泉』。」

「這點知識我也是有的。」石澤表示抗議。

修司很快地反問：「你知道盜泉在哪裡嗎？」

「真有這種地方？」

「有的。在中國現在的山東省。孔子嫌那泉水名字不好，所以不肯喝那裡的水。」

「您好博學喔。」石澤討好地發出讚嘆。

修司趁機反唇相譏說：「這在初中的考試題裡出現過喔。」

「孔子啊？……子曰……要談漢文的話，我就不行了。」

「我又不是來這裡跟你談漢文的。」

「我知道啊。但是，對於喜歡提孔老夫子的人來說，真是太好笑了。」

修司猛地一下探出身子問道：「哪裡好笑？」

這時，兔女郎屁股上的圓球小尾巴不時地在兩人鼻尖前面晃來晃去。每當那小尾巴擦過面前，修司就感到一陣頭暈目眩。石澤冷眼旁觀，心底暗自好笑。

「哪裡喔……您這樣撲到我面前，叫我很難開口耶……」

石澤雖被修司罵過，也被他揍過，現在卻覺得自己能這樣跟修司在一起，心底有一種溫暖的感覺。而另一方面，修司雖對石澤感到不爽，卻又覺得跟他在一起，自己能感受到一種前所未有的雀躍。

「這算什麼？既然敢譏笑別人，就沒有什麼難以開口的，不是嗎？快說！」修司催促著。

「喔，嗯……」石澤低聲沉吟著說：「就是說啊……」

說了一半，剛好有個兔女郎從面前經過，石澤無意識地迅速伸手摸一下兔女郎的屁股。

修司見狀，立刻皺起眉頭。「石澤君，你剛才幹什麼？」

「啊？」

「啊什麼？我在問你，剛才做了什麼事？」

「啊？喔……是說這個動作喔？」石澤做了一個模仿撫摸的動作。

「你的動作更過分，是這樣吧。」說著，修司也伸出手，摸一下面前那名兔女郎的屁股說：「你是這樣摸的吧？」

石澤苦笑起來。「這樣又如何呢？」

「你呀，拋棄了老婆孩子……唉，算了，這裡就不提你的孩子了，你可是拋棄了結縭十年的老婆，愛上我女兒的，不是嗎？」

「愛上了沒錯啊。若不是愛上了她，怎麼會跟她這麼可怕的老爸坐在這兒，一起喝酒，還被扁得慘慘的。」

「果真如此的話，你為什麼又做這種事？」

這時，兔女郎剛好從面前經過，修司說著伸出手，又在兔女郎的屁股上摸了一把。石澤看修司那種趁機揩油的摸法，不禁在心底暗笑不已。

「喔！爸爸，你那手勢，太棒了。」

聽到石澤這樣調侃自己，修司露出不悅的表情，一把揮開石澤的手。

「我很嚴肅的喔！知道嗎？」

「不要那麼大聲嘛。」石澤有點為難地說：「要是在電車裡做這種事，會被人視為痴漢，但在這裡……」石澤模仿著撫摸的動作說：「這種事是收錢的，都算在每桌的最低消費裡了。更重要的是，如果不摸她們的話，等於是告訴她們，妳這屁股沒有魅力。對小姐們很失禮的。喂！對吧？你看。」

幾名兔女郎都嘻嘻地偷笑起來。

「你看，爸爸，您這麼嫩，大家好為難唷。」

石澤把視線轉回修司氣呼呼的面孔。

「對了，剛才我們談什麼來著？」

「你自己開始亂扯的。還問我？」

「啊？是我先提的？」

「亂扯也扯得莫名其妙。什麼對於喜歡提起孔老夫子的人來說，真是太好笑了……」

「對了對了，爸爸，就是剛才說起的那件事，我說自己每天晚上都回家，您就突然變了臉，抓著我的衣襟……」

「哪裡，那是……那個……就是說……我還以為，你是一直跟鹽子在一起，根本就不回自己家，一直都留在那裡……因為我對你老婆感到很抱歉。」

原本是想讓女兒跟他分手的，修司現在又怎能對他說「不要丟下我女兒回你自己家」？修司突然發現自己心底的矛盾，所以變得支支吾吾說不下去。

石澤一副滿不在乎的表情說：「反正我每天晚上都回家，您也不必那麼客套啦……」

他被修司瞪得受不了，只能「嘿嘿嘿」地笑著掩飾尷尬。

「怪不得爸爸發火啊。女兒愛上的男人，每天半夜都回自己家。當初女兒拋棄了父母，從家裡逃出去，居然是孤零零地一個人睡覺。鹽子的感覺……」

修司連忙否認：「不不，沒有這樣的事。」

「爸爸，人的感情啊，本來就不能用理論來解釋。其實對這個是真心的，對那個也是真心的。」

修司不知如何接口，石澤看著他說：「硬說我們只能真心愛一個，是很不自然的事情。根本就是騙人。」

「你反正會把對自己有利的做法，都說成正理。」

「是嗎？」

「對呀。」

「不過話說回來，爸爸，您究竟是希望我不要回家，一直留在公寓陪著鹽子？還是希望我回自己家啊？」

修司感到很茫然，他也不知道自己究竟希望怎樣。

石澤點燃一根菸，塞進修司彎成「ㄟ」型的嘴裡。

「兩者都不希望看到。」修司用手夾著香菸說：「因為兩者的本質根本不一樣。」說完，修司狠狠地吸了一口菸。

「好棒的表情喔！爸爸這種不知如何是好的模樣，令我心跳不已呢。」

修司不小心被菸嗆了一下。「不要隨便叫我爸爸、爸爸的。」

「哎唷，沒關係吧？也因為這段奇妙的因緣，我們才會認識嘛。讓我這樣稱呼您吧。」

修司心裡其實並不討厭這種稱呼。但是，不討厭這種稱呼的自己，卻讓他非常生氣。他繼續用更諷刺的語氣說：「這種稱呼，去叫你岳父吧。」

「我老婆沒有父親。」

「那就叫你自己的父親也好啊。」

「我也從來沒看過自己父親的臉孔。」

修司不知如何回答，只用眼睛看著石澤的臉孔。

「……是我自己愛上了啦。」

「如果想在父母面前秀恩愛，至少要先創造能夠秀恩愛的條件吧。」

「您又把話題扯到哪裡去了……我是說，我愛上爸爸啦。」

「嚇死人。」

石澤笑起來，又笑著向兔女郎點了其他的酒飲。

修司雖然面無笑容，卻也很喜歡跟石澤閒聊。他總是暗自盤算，下次見到石澤的話，要用這句話戳他一下，要用那句話逗逗他，而奇怪的是，石澤不會令他冒火。不，修司雖然對石澤不爽，卻又願意跟他一直聊下去。修司心中有一種奇妙的感覺，很想跟石澤一直待在一起。就像跟大兒子或親弟弟一起喝酒的感覺。

——我究竟有沒有認真考慮自己女兒的未來呀？

想到這兒，修司臉上突然浮起自嘲的笑容。

夜深了，修司醉醺醺地回到家，一進玄關，就倒在門框上。他的心情很好，嘴裡哼著歌曲，一隻手抓著石澤在銀座買給他的花束。

「酒不要太燙比較好，魷魚要烤花枝才好吃……」

「是『魚』吧。」兼子一面幫著脫鞋一面訂正丈夫的歌詞。

「啊？」

「應該是『魚要烤花枝才好吃』吧？」

修司睜開一隻眼說：「我就是這樣唱的吧？」

「你唱的是『魷魚要烤花枝才好吃』！」

「哪有這樣的歌詞？」

「自己唱完還怪別人……」

「魷魚……」剛唱了兩個字，修司就說：「看吧，就是因為妳多嘴，所以我才唱錯的。」

說完，修司搖搖晃晃地站起來，向起居室走去。

「真是的，完全沒救的傢伙……魷魚要烤花枝才好吃……」

修司嘴裡雖然抱怨著，看起來卻並不惱火。

兼子捧著皮包和花束跟在丈夫身後。

「女兒弄出那麼多事，你做父親的還這麼悠閒，真不錯啊。」兼子嘀嘀咕咕表示不滿。

「喂！水！冰水！」

「興致真好啊！跟誰一起喝了？我說，這花束，又是怎麼回事？」

修司沒有回答。喝了水，順便又吃了點胃藥。等他換上睡衣，回到起居室坐下，才把這天晚上發生的事告訴妻子。

兼子一面把花朵插進花瓶，一面開始抱怨。

「你叫別人『不要妄動』，不要主動打電話過去，結果你自己呢？」

「我也不喜歡跟他喝酒呀。但為了擬定作戰計畫。首先得摸清敵情吧？」

「那還唱什麼『魷魚要烤花枝才好吃……』？」

「兩個人大眼瞪小眼，也談不出什麼名堂吧？想要推心置腹地聊一聊，就需要酒精啊。」

兼子沒有回答，「啪噠」一聲剪斷了枝葉。

「更重要的是……」修司繼續說：「我聽說那傢伙每晚都回自己家，真是……」

修司正要說「真是火大」，誰知兼子卻先發制人嚷起來：「太好了！」

修司大吃一驚。「妳說什麼？」

「我說，太好了。」

「妳也站在鹽子的角度……」

「這就有希望了。」

「啊？」

「那傢伙還沒拋棄家庭。不但顧全了身為丈夫的顏面，還保留了隨時返家的餘地。」

「照道理說是沒錯啦……」修司說到這兒，遲疑了一秒，又鼓起勇氣說下去：「但那孩子拋棄自己的家，跑去投奔那個男人，哎，這話雖然不是做父母的該說的……每天晚上到了十二點，男人就回自己家去了……那孩子不是太可憐了？」

「她離家的時候，應該做好這種心理準備了吧？」

「妳們這些做母親的，心腸好狠。」

兼子不高興地說：「孩子的爸，那你覺得鹽子像現在這樣，一直躲在背後，當別人的情婦，也很不錯？」

「如果覺得不錯，我也不會像現在這麼辛苦了。」

「既然如此，那傢伙要是不肯回家，我們就糟了。他若是拋棄家庭，一直跟鹽子守在一起，對鹽子來說，或許會是一時的幸福。但這樣下去，就會『拖下去』喔。或許我說這話，讓你覺得那孩子太可憐，但現在讓她傷透了心才好呢。最好每天孤零零一個人失眠到清晨，流著眼淚……體會一下這種經驗才好。」兼子愈說愈激動，「其實，這樣對他們兩人都好。」

說到這兒，兼子像要加強語氣似地，「啪噠」一聲，又剪斷一根枝葉。

修司露出訝異的表情說：「妳這是在妒忌嗎？」

「妒忌？妒忌誰？」

「鹽子啊。把鹽子當成女人，妳在妒忌她……」

「笑死人了，你說些什麼呀！」

「既然如此，妳又何必瞪眼呢？」

「我可沒有瞪眼，瞪眼的人是你吧？」

「我？」

「最近你一喝醉，就會瞪人呢。」

修司忍不住拿起茶葉罐，用蓋子照了照自己的眼睛。

「用那玩意兒照，看不見的啦。」

說完，兼子又「啪噠」一聲剪了一刀，這回竟把帶著花朵的枝葉剪斷了。

「不要用花兒發脾氣啊。」

「我才沒有用花發脾氣呢。這是那傢伙買的吧？會收這花的人，腦袋也有問題。」

「可能是想用這花聊表歉意吧。」

「向誰致歉？」

「當然是向妳嘛。」

兼子哼了一聲。「……我怎麼可能被幾朵花騙了？」說著，她突然望著丈夫的臉說：「孩子的爸，你現在講話都很幫『他那邊』喔。」

「開玩笑！老實說，我是很想這樣的！」

說著，修司舉起拳頭做出一個揍人的動作。

但兼子仍然滿臉狐疑的表情。「結果是『這樣』變成『魷魚要烤花枝』了？」

修司不知如何回答，只好對著茶葉罐擠眉弄眼做鬼臉，順便又把眼皮內側也檢查一番。

兼子盯著丈夫的動作說：「你好像並不討厭跟他見面嘛。」

「啊？」

「雖然嘴裡埋怨一大堆，其實你心裡很高興見到他吧？」

「妳這個人啊……」

兼子打斷了丈夫的話：「因為你沒有兄弟……而且你跟阿高也很少聊天。」

「妳根本不懂別人多辛苦，還在那裡亂說！」

兼子意有所指地降低音量說：「被說中了，所以假裝生氣……」

「哎呀……」修司有意地發出一聲不自然的大喊：「我不是正在努力設法解決問題嗎？」

他用眼角瞥一眼正在生氣的兼子，然後站起身。

「我睡覺了。」說完，修司踏著踉蹌的腳步走出房間。

這天晚上，石澤也是醉醺醺地回到家門口。

「酒不要太燙比較好，魷魚要烤花枝才好吃……」

他一面哼著歌曲一面踏進玄關，看到阿環出來迎接，石澤便把花束遞過去。

「這是怎麼回事啊？」阿環露出疑惑的神情打量著花束。

「那傢伙啊……」石澤忍俊不已地笑著說：「非要買一把跟這一樣的花束。就是不肯聽勸。」

「你也敢大膽表示意見喔。」

阿環以為「那傢伙」是指石澤的愛人，臉上露出不悅的表情。

「啊？」

石澤向妻子反問，阿環更加不悅。

「所以說，你給那個人買了跟這一樣的花束。然後那個人說：『不好意思喔。給你老婆也買一束帶回去吧。』」阿環說著便把花束扔在水泥地上。

石澤趕緊撿起來說：「是男的啦！」

「男的？你還有那方面的興趣？」

「別亂說。爸爸……」說了一半，他又吞吞吐吐地說：「我跟事務所女同事的爸爸一起喝酒啦。」

「喔，是這樣。」阿環接受了丈夫的解釋。

「他做什麼工作？上班族？」

「喔，妳問爸爸？上班族裡的上班族呢。像他那種人，連骨髓都是上班族的骨髓喔。」

「年紀多大了？」

「五十……再過兩、三年，就要退休了。」

「公司的菁英組？」

「只能升到部長吧。更高的職位，可能有點困難。他那個人太剛正了。」

石澤顯然已經喝醉，阿環便趁機說：「真的那麼剛正？」

「做人就得這樣！他總是說得這樣斬釘截鐵，旁門左道一概不准。」

「跟你正好相反嘛。」

「是啊，我一天到晚被他教訓呢。」

石澤嘴裡雖然抱怨，看起來卻很開心。

阿環疑惑地看著丈夫興高采烈的模樣說：「你有很多弱點被他抓在手裡吧？」

石澤不回答，兀自嚷著說：「給我喝水啦。水！『魷魚要烤花枝才好吃』吧？哈哈，哈哈哈……這年頭，像他那種品行端正、學業優良的傢伙，還是存在的……」

「他老婆可真幸福啊。」

「妳不是也一樣？喔，剛才我說他品行端正，其實那傢伙也很會動歪腦筋啦。」

「什麼叫動歪腦筋？」

石澤十分得意，在老婆面前擺個拳擊姿勢說：「就像這樣，雖不能一拳擊倒對方，卻總是左一下右一下，時時弄點小把戲。還調戲自己手下的女同事呢。他那種人啊，還需要一點膽量，才能跟我一樣……」說到這兒，石澤忽然發現說錯，連忙改口說：「其實男人都是一丘之貉啦。」

「你跟那一位好像談得很投機嘛。」

「就是因為彼此無法交流，才談得投機吧。」

「……這話聽起來很像在秀恩愛喔。」

「秀恩愛？他是男的啦。」說完，石澤搖搖晃晃走向寢室，一面走一面又唱起那首荒腔走板的歌曲：「魷魚要烤花枝才好吃……」

阿環目送丈夫的背影離去，臉上浮起複雜的表情。

6

第二天，兼子約阿環在一家咖啡店見面。

阿環比第一次見面時更加用心打扮。頭髮梳得很整齊，臉上還上了一層淡妝。

「真對不起，您那麼忙，還把您約出來。」

兩人在僻靜的包廂席裡坐下。正在等待咖啡送來時，兼子很正式地向阿環表示歉意。

「哪裡，我根本一點也不忙。」阿環輕鬆答道：「因為他也不回家吃晚飯。就連洗澡，都在外面洗完了才回來。當老婆該做的，我一樣也不必做。」

「對不起。」兼子不自覺地表示歉意。

阿環苦笑著說：「也不是從現在才開始的，夫人您又何必道歉……不過，我這麼說，或許讓您做母親的感到不快……」

「啊？」

「自己的女兒跟眼前這女人之前，還有過很多狀況類似的女人存在，聽到這種事，畢竟還是令人感到屈辱吧。或許您會希望他對以往那些女人都只是隨便玩玩。就算是搞外遇，也希望他只對自己女兒一個人認真。」

「完全沒有這種想法。若是認真愛上我女兒，那可就糟了。」

阿環露出訝異的表情，兼子看她這種反應，又繼續說：「聽說你先生每天晚上一定都會回家。」

「託您的福，回家倒是每天都回的……」

「我聽到這消息，總算鬆了口氣。還暗自安慰自己：『沒事了，通路還沒斷。』」

「通路？」

「就是妳家先生跟太太之間的通路……」兼子看著阿環的臉孔說：「太太，妳對他體貼一點嘛。」

「……」

「妳的臉蛋那麼漂亮，要是再稍微對他好一點……」

「我老公就不會搞外遇？」

兼子一時語塞，停頓了一下，又繼續說：「……妳家先生也知道自己做得不對。可是當老公懷著愧疚的心情回到家，卻看到老婆一頭亂髮，眼角黏著眼屎，懶懶地走出來……」

阿環顯得有點不快。「妳是在說我嗎？」

「不是，只是『比方說』。」

「那我倒要請教一下，夫人會怎麼辦？採取什麼態度？」

「啊？」

「您家老爺……搞了外遇之後回家的話。」

「我家老爺才沒那麼能幹呢。」

阿環嘻嘻地笑起來，說道：「您這樣想嗎？夫人您好幸福啊。」

兼子露出不解的神情，阿環繼續說明：「我家老公啊，昨天跟一位為人剛正的先生一起喝酒，據說那位先生是上班族，已經快退休了，在一家公司當部長，大家都以為他是個品行端正的正人君子……呵呵，呵呵呵呵，可是揭開表面才發現，原來他跟部下的女同事正在偷偷摸摸搞事情呢。太好笑了。」

兼子吃了一驚，但臉上並沒表現出來。

「偷偷摸摸是指什麼呢？」

「誰知道？可能是指，不敢像我家老公那樣正大光明地亂搞吧。」

「一般上班族當然不敢玩這種租公寓同居的危險遊戲啦。如此說來，手裡有錢可以隨意花，也未必是好事呢。」

「沒錯。但若問我偷偷摸摸跟光明正大，哪種才有罪，我覺得，兩者應該是一樣的。」

兼子正要反駁，卻又把嘴邊的話吞了回去。

阿環似乎想要故意為難兼子，又繼續說：「至少光明正大亂搞的人，會搞得很沒面子，弄得全身是傷還在奮戰。而偷偷摸摸的人呢，表面上裝出一副好丈夫、好父親的模樣，其實很會騙人。您不覺得這種人才比較陰險狡猾？」

「若論哪種人給別人帶來的麻煩較多，那還是光明正大亂搞的人，比較厲害吧？」

兼子也很不悅地反駁：「事實上，我家女兒就是……」

「被引誘的人，自己也有責任，不是嗎？喔！說不定，就是因為父親太剛正，女兒才會被完全不同的另一種魅力吸引吧？夫人，您不覺得我說得很對？」

「……哎呀，也不知我家老爺昨晚究竟跟誰一起喝酒？這種假設性的疑問，我不知該如何回答……」

「酒不要太燙比較好，魷魚要烤花枝才好吃……」

阿環低聲唱了一段，兼子猛地倒吸一口冷氣。

空氣裡流過一股凝重的沉默。半晌，阿環抬起頭。

「對不起……」她突然低聲自語著。

兼子聽她那孤寂的語調，不禁訝異地抬頭看著她。

「我就是覺得很不甘……」阿環為自己解釋。突然，又露出笑容說：「仔細想想，我們都是被害者呀。沒什麼值得生氣的……」

「就是說啊……」兼子也點頭表示贊同。

「如果不是已經有孩子，我甚至可以退出……」

「……呵呵，別騙人了。」

阿環吃了一驚，轉臉看著兼子。

「妳很愛妳先生啦。」

「……」

「我虛長幾歲，可沒有白活。」

阿環露出軟弱的笑容。

兼子忍不住把身體探向前方。「太太，我啊，不論如何也會讓妳先生回家的。」

「……」

「不這樣的話，這世界還有天理嗎？」

阿環把臉轉向一邊，眼中早已溢出淚水。

兼子看到阿環的眼淚，暗中下定決心，不管用什麼方法，也一定要把女兒拉回來。

這天，佐久間來到《玩樂城市》的編輯部。

「我找古田鹽子小姐。」

「啊！芝麻鹽？芝麻鹽累倒囉。」負責接待訪客的南美說。

佐久間大吃一驚。「累倒？怎麼回事？」

「身體不舒服。本來躺在那張沙發上休息的。可是我們這裡，你看，訪客太多了，一直有人進進出出的。所以，她到附近去休息了。」

「附近？」

「就在公司後面的小酒店。」

「地點在哪？」佐久間問。

南美有點為難地搖搖頭。

「請告訴我吧。」

「你最好還是別去。」

「請妳告訴我。」

「……」

佐久間說話用字雖然委婉，語氣卻充滿魄力。南美被他逼得退到牆邊，最後不得已，只好把地址告訴了他。

佐久間從南美嘴裡問出「梅乾」的地址，立刻慌慌張張趕到那家小酒店。庄治和須江經不起他的懇求，最後只好把他領到店內的小客廳。

鹽子果然沒精打采地躺在裡面。

「如果是感冒，妳還是回家睡覺吧。」

佐久間跪在房間的角落，心焦地勸慰鹽子。

但是，鹽子根本不理他。

「回家之後，喝點熱粥，睡上一覺，感冒就好了。」

「……」

「最近的感冒不容易痊癒，萬一轉成其他毛病……」

「我不是感冒。」

鹽子唐突地打斷了佐久間的話。

「我沒生病。」

「……啊？」佐久間露出訝異的表情。

「……是自然現象。」鹽子仰望佐久間，似乎正在觀察他的表情。「我有孩子了。」

「……孩子！」

佐久間驚訝得說不出話來。

「好奇怪。」鹽子發出沙啞的笑聲。「我在佐久間先生面前什麼話都敢說。心裡只想把真相毫不保留地說出來，只想看到佐久間先生露出為難的表情、難過的表情。這究竟是怎麼回事啊？」

佐久間嚇呆了似地瞪著鹽子。

「我好想把那些見不得人的事，統統都告訴佐久間先生，讓你更覺得為難。好奇怪，連我都不明白自己為什麼會這樣。」

「孩子……那妳打算怎麼辦？」

「我打算生下來。」

佐久間露出痛苦的表情。

「又讓你變成哭臉了……」

說到這兒，兩人不由自主地凝視對方。

門外的庄治夫妻正靜悄悄地偷聽著他們談話。

「讓我當你們的介紹人？」修司向同事反問。

前幾天才把結婚禮金簿送到修司面前的那對同事，現在站在辦公桌前向他行最敬禮。而自認是結婚顧問的大川，也站在兩人身邊，同樣也在向修司行禮。

「拜託您了。」

「你們明明已經有大學時代的老師當介紹人……」

「老師因為高血壓病倒了。師母也因此身體不適……」

修司低聲沉吟著：「婚禮就在明天吧？」

「您只需要站在那裡，當個現成的介紹人就行。」

「就是叫我扮演電線桿或是郵筒吧。」修司苦笑著說。

「拜託您跟夫人一起光臨。」
「拜託。」
「我知道了。」修司用力點點頭說：「那我就扮演一下吧。」
「太感謝您了。」一對新人發出歡呼。
「等下就把他們的履歷和其他資料送過來……」
說完，大川帶著兩人回到自己的座位。
修司嘆了口氣，重新坐回座位。這時，突然有人把一份文件送到他面前。抬頭一看，原來是睦子。她似乎是想把自己剛打好的文件親手交給修司，所以一直站在旁邊等著那三人離去。
修司收下了文件，睦子又從工作服的口袋裡掏出一個信封，輕輕放在文件上面，然後向修司鞠個躬，返回自己的座位去了。
修司看到信封上的「辭呈」兩字，不禁倒吸一口冷氣。
不久前，睦子表示想換個工作，請求修司撥點時間為她提供意見。但修司一直沒有認真聆聽她的問題，難道，這封辭呈是她表示反抗的手段？女人這玩意兒，就是喜歡玩這種花費心思的遊戲。修司對她這種表達方式不禁心生佩服。

他拿起文件走到睦子的座位旁，故意提高音量說：「宮本君，對不起，這份請妳再打一遍。」說完，又壓低聲音說：「今晚在老地方吃飯……吃飯……」

說著，又把手放在睦子肩頭，用力揉了一下。

「是。」睦子接下文件，在電腦上打了「我會去的」幾個字。

當天晚上，修司和睦子正在澀谷公園大道的一間餐廳吃飯，餐廳小巧而精緻，修司一面吃一面態度誠懇地聽睦子傾訴。

「辭呈……」修司拍拍胸前的口袋說：「暫時先放在我這兒吧。」

「部長……」

「只靠公司的薪水不能完全負擔妳母親的治療費用……這我並非不瞭解，但是啊，上次說的是妳阿姨開的酒吧？妳到那裡去上班，真的能『治癒』妳母親？」

睦子垂著眼皮，哀戚地嘆了口氣。

「如果妳母親看到女兒為了自己而陷入不幸，就算肉體的病痛治好了，精神上反而又要生病了，對吧？」

修司充滿感情地勸說著，同時把視線從睦子的領口移向胸前。餐桌下，兩人的大腿早已黏在一塊兒。

「從個人感情的角度來看，我是不希望妳辭職的。」

「……」

「但另一方面，我又覺得，妳還是辭職比較好。」

睦子抬起眼看著修司。

「部長……」

「最近不知怎麼搞得，總覺得妳愈看愈好看。再這樣下去，就算自己不是久米仙人，也要從雲端跌落人間了。」

睦子又害羞地垂下眼。

「一方面不想讓妳離開，一方面又希望妳辭職……人的感情啊，其實對這個是真心的，對那個也是真心的。這才是大實話。」

真沒想到自己竟說出這種話！修司不禁露出苦笑。因為他突然發現，這句話跟昨晚石澤說過的台詞一模一樣。

晚飯後，兩人一起走進電玩中心。修司原本是想把睦子帶到另一個地方去的，但到了緊要關頭，又覺得難以啟齒。所以，決定先到電玩中心，培養一下氣氛，再把睦子帶到該去的地方。

修司領著睦子走到UFO機前面，讓她端起電子槍，自己繞走到她身後，半擁半抱地教她打擊。

「看吧，出來了！打！又來了！打啊！啊……」

兩人專注地打著UFO玩得正開心，突然，修司發現旁邊有個男人也捧著槍在打UFO。那個男人，居然是佐久間。

修司連忙從睦子身邊跳開。「唷！」說完，他走過去拍著佐久間的肩膀。

「啊！」佐久間也驚訝得睜大眼睛。

「竟然在這種地方遇到。」

「……」

「如何？命中了？」

修司正要伸頭探視佐久間的成績，不料他露出氣憤的表情說：「請不要說『命中』這種字眼。」

「那也不用那麼生氣吧？」

誰知佐久間不僅表現得很焦躁，甚至還狠狠地瞪著修司。

「怎麼了?」修司問道。

「鹽子小姐，有孩子了。」

佐久間這句話擊中了修司。

他全身一陣搖晃，然後便靠在佐久間的肩上。

結果那天晚上，好不容易才到手的機會又被修司弄砸了。

他向滿臉幽怨的睦子道別後，立刻十萬火急地趕回家。對於女兒未婚懷孕這種衝擊性的事實，他不禁暗自煩惱，不知自己究竟該如何面對。

「好久沒當介紹人了。」

兼子的心情非常好。她已從專門包裹和服的疊紙袋裡拿出留袖和服，正在細心地檢查衣裝。修司的禮服也已經掛在牆上。

雖然丈夫板著面孔坐在一旁看晚報，兼子卻對他毫不在意。

「已經有八個月了。」她扳著手指計算一下。

修司吃驚地抬頭反問：「八個月了?」

「我要不要買雙新草履呢?雖然舊的還沒壞，但現在已經不流行那種樣式了。對了，長襦袢也要換新……趁著喜事做件新的，討個吉利。」

「還有另一件喜事喔。」

「啊？」

「鹽子要生孩子了。」

兼子的兩眼一下子睜得好大。

「事已至此，乾脆找石澤君，逼他解決問題吧？」修司繼續對驚得呆住的兼子說：「雖然這樣說有點自私，還是叫他跟老婆離了吧。反正他們夫妻關係本來就不好，所以才會跟鹽子變成這樣，對吧？我跟那傢伙接觸過之後才發現，他並不像想像的那麼壞啦。才幹也是有的……而且為人正直。當然這種事，開頭會比較辛苦，但只要熬過十年、二十年，這種事在世間也很常見啦。再說，他老婆還年輕嘛，現在還來得及，可以從頭開始，以他從事的職業來說，籌錢也不困難，就讓他付一筆贍養費，向老婆低頭請罪算了。」

突然，兼子抓起報紙，劈哩啪啦一陣亂扯，就把報紙撕爛了。

「喂！……」

「豈有此理！孩子的爸，憑……憑什麼，你說這種話？」

兼子的全身都因憤怒與激動而發抖。

「生而為人，這種事，絕對不可以做。就算鹽子表示希望那樣，我們也絕對……絕對……孩子的爸，你頭殼壞掉啦？」

「喂……」

「做父母的帶頭叫孩子做壞事……這就等於，讓女兒去當小偷、去殺人一樣啊！」

兼子暴怒的模樣令修司感到畏懼。

「這跟小偷、殺人犯不一樣吧。」

「一樣的！一起生活了十年的老婆，你叫她分手，等於就是叫她去死。」

「那也不需要如此憤怒地跳出來講話吧？」

「你說這種話，是表示你贊成外遇嗎？只要弄出孩子來，就可以叫人家老婆分手！」

看兼子的架式似乎立刻就要撲上來，修司也忍不住發火了。

「又不是我弄出了孩子！」

「孩子的爸，並不是光明正大地亂搞才叫不倫喔。偷偷摸摸地搞，也是不得了的外遇呢。偷偷摸摸亂搞，照樣也能弄出孩子來的。因為兩者做的是一樣的事呀。」

「啊？」修司吃了一驚。

「那種才更陰險狡猾呢！」

「妳說誰狡猾？」

「自己心裡明白。」

「誰狡猾？妳在說什麼？」

「兩個男人，互相包庇。」

「不要指桑罵槐。」

夫妻兩人都已氣得失去理智。

「說清楚一點！給我說清楚！」修司發出怒吼。

兼子臉上露出扭曲的笑容，想把修司手上撕剩的報紙搶過來。

「……你的手在發抖呢。」

「因為被妳冤枉，太氣憤啊。」

修司一把揮開兼子的手，順手往她臉上打了一掌。

兼子狠狠抓住修司的手說：「幹麼！以為打人就能蒙混過去啊！」

「我什麼時候蒙混了？」

「以為我不知道啊！」兼子迅速伸手去抓修司的臉，「你根本不關心鹽子。只想到自己……」

「喂！」

「你這是在逃避責任。」

「亂講些什麼，妳這傢伙……」

夫妻倆都已氣得不知自己說些什麼，滿腔的憤怒讓他們彼此撲在一起扭來打去。

「好痛！」

「喂！」

阿高聽到父母的爭吵聲，趕緊了跑過來，剛好看到兩人糾纏在一起。阿高心裡很害怕，轉眼打量四周，發現餐桌上有一杯水，便慢慢抓起杯子，把水潑向父母。

修司與兼子都吃了一驚，兩人一面喘息一面瞪著對方。

「絕對應該讓鹽子退出。你也是同樣的想法，對吧？」

兼子又向修司逼近一步，水滴正從她頭上不斷滴落。

面對妻子這副拚命的模樣，修司只能認輸，他用力嘆口氣，很不甘願地點點頭。

7

「所謂『偕老同穴』，是說夫妻之間情深似海，活著攜手變老，死後同葬一穴……」

說到這兒，修司停頓數秒，舉手摸摸自己的額頭。額上有一處抓傷，是昨晚留下的紀念物。他又向身邊瞥一眼，坐在新人對面的兼子這時也悄悄地摸一下眼睛下方，那裡有塊顏色較淺的瘀青，是修司毆打後留下的痕跡。

修司乾咳一聲，又繼續說下去：「事實上，真的有一種動物叫做『偕老同穴』呢。根據辭典說明，這是一種海綿動物，屬於六放海綿類，六放星目，偕老同穴科，外形很像絲瓜瓤，通常是直立海底，隨著海潮搖來晃去。牠們的胃袋裡住著一種同穴蝦，通常都是一對，雌雄各一。其實最初是這種蝦的名字叫做『偕老同穴』，後來卻演變成海綿房東叫做『偕老同穴』了。反正，不管這『偕老同穴』是指蝦子或是海綿，夫妻之間不論遇到任何困難，都不該分手。這才叫做『偕老同穴』！」

聽了丈夫這段致詞，兼子用力地點著頭。

婚禮結束後，修司突然提議去「高島家園」一趟。他不顧兼子的制止，立刻朝石澤的房間前進。

「孩子的爸，回去吧。欸，回家啦。」

「要回去，妳自己回去。」

「我們這身打扮……」

兼子身上穿著留袖和服，修司穿著洋式禮服。兩人手上都捧著一個喜宴伴手禮的包袱。

「如果要找他們，還是得正式一點……我們以後再來吧。」

兼子跟在丈夫身後勸說著，修司不管她，逕自走到門前，「咚咚咚」地敲著大門。

「是我，開門！」

房裡的鹽子和石澤都不知所措地看著對方。

「是爸爸……」

「還是別開門吧。」

石澤握緊拳頭，做了一個揍人的動作。

「不，把門打開，我不想一直逃避。」

「喔，那就由我一個人……」

「不，我也一起。」

「今天這情形……」

不大妙喔。石澤說著拚命拉住鹽子，但鹽子揮開了他的手。

「來了！現在就開！」

鹽子大聲回答著，就要向門口奔去，石澤卻使勁把她拉到浴室外，把她推進去，又以眼色告訴她：「不要出來！」然後，石澤才向玄關走去。

「來了！來了來了。」

身穿洋式禮服與留袖和服的修司夫婦走進房間。

石澤驚訝地睜大兩眼說：「您上次辛苦了。今天怎麼打扮得如此華麗？剛參加婚禮嗎？」

修司沒有回答，只露出僵硬的表情說：「這是內人。」

「……我家鹽子平日承蒙您關照。」兼子正式地彎腰打招呼。

「混蛋！喔，不，這樣也好。是該如此！女兒的確承蒙他照顧了。雖不是正式的那個而是小三。我們就是小三的父親和母親。」

「爸爸……」石澤露出苦笑說：「哎，請坐吧。」

在石澤的邀請下，夫妻倆在椅子上坐下。兼子充滿好奇地環視室內，石澤又重新把視線轉向修司的禮服。

「這是今年流行的衣領吧？」

「因為腰圍變大了，所以新做了一套。女兒也到了適齡期，總要隨時做好準備，不知什麼時候會舉行婚禮嘛。」

「這，您這麼說就……」石澤抓了抓腦袋。「我上次被罵得很慘喔。」他轉臉向兼子說。

兼子沒有回答，石澤只好站起來說：「那我去倒茶。」說完，正要走向廚房，卻又回頭問道：「爸爸，要不要喝酒？」

修司抓住機會問道：「我就單刀直入地問你，究竟打算怎麼辦？」

「啊，這個……」石澤吞吞吐吐地不知說些什麼。

修司立刻追問：「我是說孩子喔。」

「孩子？」

這時，浴室突然傳來「噹啷」一聲，似乎是什麼東西掉落的聲音。

「您說孩子……是什麼意思？」石澤驚訝得不得了。

「你不知道？」

「鹽子還沒跟你說？」

修司夫婦同時提出疑問。石澤好不容易才弄懂他們的意思。

「……有孩子了？」

石澤咕咚一聲嚥了口唾液，喉嚨裡發出很大的聲響。

「我想聽你說說自己真正的想法。」修司看著嚇呆的石澤問道：「現在聽到鹽子懷孕的消息，你心裡是什麼感覺？」

「……那、那當然是很高興啦。」

修司瞬間露出安心的表情，卻又趕緊吞下差點脫口而出的話，改口說道：「你就拋掉男人的面子吧。」

石澤訝異地轉臉看著修司。

「不要耍帥。」

「……」

「你應該慌張點嘛。表現出為難的模樣呀！或是慌亂萬分，搞得難堪點。我可不希望你裝腔作勢嚷著說：『把孩子生下來，我會負責。』不必這樣死要面子。」

石澤睜大眼睛注視著修司的表情。修司努力想要表達的想法，終於一點一點地傳達過去，石澤終於理解了修司沒說出口的想法。

「未婚媽媽雖被大家讚揚，卻不是那麼好當的。現在她被愛情沖昏頭，沒想到那麼多，以後肯定會後悔的。」

修司全心全意在心底向石澤懇求著。

「所以拜託你了。如果你對鹽子還有一點感情，請你現在徹底扮演一個卑鄙小人吧。拜託，求求你了。」

也就在這一瞬間，石澤明白自己已經敗下陣來。不是輸給父母關懷女兒的情愛，而是敗給了修司這個男人……他既誠實又剛正，內在相當俗氣，卻又拚命掩飾，石澤從這個男人身上感受到一種無法用常理解釋的親情。

石澤呵呵地笑起來。

「爸爸您也太不會看人了。」他注視著修司的眼睛說：「您就是不拜託我，我也很慌張呀。為難得不知如何是好呢。」

「……」

「孩子可麻煩了，我可沒想要孩子。」

一聽這話，兼子不由得火冒三丈地說：「你說什麼？誰都知道男女變成這種關係，就會弄出孩子，難道你……」

兼子還沒發現丈夫跟石澤之間早已建起了默契。

石澤故意用輕佻的語氣說：「是沒錯啦，啊唷，哎喲喂，孩子……孩子……啊呀！若說是老天的懲罰可能有點過分，可是孩子……太突然了……我的媽呀……」他結結巴巴地說：「雖然很沒面子，我也只能向您們磕頭賠罪了。」

石澤難堪又慌亂地向兩人不斷辯解，修司觀察著他的演技，內心充滿了感謝、歉疚與感情。

兼子覺得實在看不下去，便把臉孔轉向一旁，卻看到浴室門前的地上有一隻拖鞋。她裝作要去廁所，起身走向浴室。打開浴室門之後，兼子看到更衣間對面的毛玻璃上映著鹽子的身影。

鹽子正在哭泣。忽然感覺有人進來，她便抬起了頭。隔著一層毛玻璃，母女倆都像凍僵似的佇立不動。

這天，修司和兼子都沒跟鹽子說上一句話，就垂頭喪氣地踏上歸途。

石澤目送修司夫妻離去後，在雙人床上無力地坐下。鹽子還在浴室裡，他想跟鹽子解釋，卻不知從何說起。

石澤用手抱著腦袋，臉上露出陰鬱的表情，跟剛才在修司夫婦面前時判若兩人。

婦產科的候診室裡，「梅乾」的那對夫婦並肩坐在長沙發上。大肚子的女人，或抱著嬰兒的女人從他們面前經過時，兩人就忍不住深深地嘆氣。

「我們收養那孩子，把他撫養長大，也很好啊。」

「已經晚了，別再說啦。」

「只要我們再多活三十年，就能把孩子養大。」

庄治故意很不高興地說：「已經夠亂了，不要再找麻煩了。」

須江皺著眉頭說：「這等於殺死一個人喔。」

「不能這麼說。」庄治的語氣變得比較溫和了。「為了讓花開得更好，所以忍痛剪掉一根枝椏。我們必須這樣想。」

不一會兒，鹽子從診察室出來，她的腳步搖搖晃晃的顯得很不穩，快要走到「梅乾」夫妻的身邊時，鹽子突然吃驚地停下腳步。

「佐久間先生……」

原來佐久間一直坐在庄治夫婦的身後吸菸。

他緩慢地站起來說：「我送妳回去吧？」

鹽子板著面孔搖搖頭。

佐久間語氣堅決地說：「是我想幫自己畫個句點。讓我送妳回去吧。」

說完，便一把抓住鹽子的手腕。

庄治夫婦在一旁看得目瞪口呆，佐久間向他們彎腰行個禮，便扶著鹽子走出醫院。

這天晚上，古田家的起居室裡，修司、兼子、鹽子和佐久間等四人齊聚一堂。

「我來向二位請罪。」說完，佐久間伏在地上向修司夫婦行了一禮。

修司和兼子都露出訝異的表情。

「都怪我胡說，鹽子的那件事，是亂講的。我上了她的當，原來她是假性懷孕啦。」

「假性懷孕？」修司夫婦彼此相視無言。

佐久間緊接著又說：「是的。她根本就沒懷孕。」

「不對！我懷孕了。剛才在醫院……」

佐久間打斷鹽子的話，說道：「剛才到醫院去檢查，醫生說是假性懷孕。」

「可是，佐久間先生……」

鹽子和兼子都露出困惑的表情，但佐久間依然堅持說：「據說這種事情很常見呢，不，不只是人類，就連狗和猴子，還有老鼠，都會出現這種情況。真的！不但乳房變大，還會像害喜那樣嘔吐，就連肚子也會變大喔。鹽子小姐就是這樣。」

「你亂說什麼呀。我剛才……」

「假性懷孕！」佐久間大喊起來，就像要跟誰拚命的樣子。「妳是假性懷孕啦。」

「原來如此，原來如此，原來是假性懷孕啊。」修司似乎極為感動，不斷地連連點頭。

佐久間也不管身邊兩個茫然若失的女人，接著又說：「我三月要調差到大阪去了。」他轉臉看著修司說：「三年後，才會調回東京……伯父，……請您一定要到大阪來玩。」

「……」

「伯父，請您一定要來。」

佐久間雖然是對著修司說的，但這段內容完全是針對鹽子而說。

「伯父，拜託您了。」說著，佐久間伏身行了一禮。

鹽子無言地低著頭。

——這傢伙受盡了欺負還對鹽子這麼著迷……

修司心中充滿喜悅的同時，也湧起一陣辛酸。

兼子偷偷用手拭去了眼淚；修司則深深地低下頭，向佐久間行了一禮。

鹽子回家後過了幾天，修司提著一瓶威士忌來到「高島家園」。正要踏進石澤房間的瞬間，突然吃了一驚，立刻從房間裡退出來。

因為有人從屋內猛地一下推開大門，緊接著，石澤的背脊從門裡彈出來。原來他正要把那張雙人床從屋內拉到室外，一對陌生的年輕夫婦正在屋裡幫忙向外推，但那張床卻絲毫不肯移動。

石澤看到修司，很隨意地向他招呼說：「喂！別呆站在那裡呀。來幫個忙吧！」

「啊？喔！」

修司把威士忌酒瓶放在走廊地上，過來幫著抬起床頭。

「這要搬到哪兒去？」

「賣給那對新婚夫婦了，廉價……哎唷唷，抬高，抬高。」

「必須要在抬高的狀態下轉圈才行。」

「你們兩位，這可是你們自己的東西啊。用力一點……走廊很窄喔。」

「還是乾脆把床豎起來算了。」

「豎起來吧。」

「一，二，三！」

修司和石澤齊聲吆喝著，總算把床豎了起來。

「接下來，就沒問題啦。」

「那就告辭了。」

年輕夫婦把床裝上卡車後，便離開了公寓。

修司和石澤深深地嘆了口氣，兩人都已弄得滿身大汗。修司撿起地上的威士忌酒瓶，推著石澤的肩膀走進房間。

屋內已沒有任何家具，看起來空蕩蕩的。兩人就在四方形房間的地上，盤腿而坐，彼此舉起威士忌酒杯，「噹啷」一聲，碰了碰對方的杯子。

喝光杯裡的威士忌之後，修司呵呵地笑了起來。他看著滿臉訝異的石澤說：「我們兩個，同是男人，卻是完全不同的類型。」

「……」

「就是那張臉。第一次看到你那張臉，還真令我作嘔呢。那張奶油小生的英俊臉蛋，讓人覺得這傢伙很好色，不，很猥褻……」

「……您說得很對呀。」

「可是誰又想到……我們竟是同類。我心裡也有一條跟你一樣的蟲子……」

石澤默默地看著修司。

「我只是沒膽量，不敢付諸行動罷了。其實心裡想得要命，蠢蠢欲動呢。」

「……」

「既然心裡的蟲子是一樣的，還是付諸行動的人比較厲害。你的對象若不是我女兒，大概，我會原諒你的。同樣都是雄性，你比我強多了。」

「哪裡，您看錯了。」石澤露出十分嚴肅的表情。「老實說，我一直很看不起您。覺得您膽小怕事又死要面子。但事實卻不是這樣。一個男人能夠壓抑心裡的蟲子活下去，才是偉大男子的生活方式啊。」

「我軍讚賞那場戰役，敵將亦讚我軍英勇。」

兩人看著彼此，一齊爆出大笑。

「你跟鹽子分手了，還會再去亂搞吧。」

「爸爸您也太小家子氣了。至少也玩一次嘛。」

「我可不敢。」

「不行，爸爸，您得玩一次。」說到這兒，石澤突然把話吞了回去：「爸爸……？」

修司又舉起杯子，「噹啷」一聲，使勁地碰石澤的杯子，豪爽地喝光杯裡的酒。

「那首『我軍讚賞那場戰役』，好像是描述乃木將軍和俄國將領斯特賽爾。」

「歌名是〈水師營的會見〉。」

「那句歌詞的前一句……是什麼來著？」

「『昨天的敵人即是今天的朋友』。」

「『彼此交談融洽愉快』。」

說完，兩人都陷入沉默，同時也在心底感嘆相識結緣的價值與神奇。

「不知他們後來有沒有開始交往，譬如交換賀年卡……或聖誕卡之類的？」

石澤首先打破了沉默。提出這個疑問時，他的心底其實懷著幾分期待。因為他不想跟修司斷絕來往。

修司也懷著同樣的想法，他不想就這樣跟石澤分別。但是，想到鹽子的感覺，他又不得不毅然切斷這段友情。

修司的臉孔痛苦地扭曲著。「應該沒有吧。」

石澤露出沮喪的表情。

「乃木將軍的兩個兒子都死在戰場。如果他跟敵軍將領交往，豈不是對不起死去的兒子？」

聽完修司的解釋，石澤用力地點點頭。

修司又拿起酒杯，「噹啷」一聲，跟石澤乾了杯，似乎是要藉著這個動作揮去心中的不捨。

鹽子終於從人生的低潮走了出來。

不到一個月之後，鹽子的笑臉又重新出現在《玩樂城市》編輯部裡。

「芝麻鹽，對方說可以接受採訪。」

「什麼時候？時間告訴我。」

「妳自己去約吧。」

「喂！我是古田，什麼時候可以去拜訪您？地點呢？好，是，好的。」

南美在一旁聽著鹽子充滿幹勁的對答，心裡那塊大石頭總算落地了。她從座位上站起來，去給鹽子準備一杯咖啡。

石澤心裡那條外遇蟲目前暫時還沒開始作怪。

阿環也比從前更注意自己的穿著與打扮。

每天早上，石澤出門上班的時候，阿環和朝子都會目送他走出玄關。石澤總是摸摸朝子的腦袋，然後才轉身上路。

「路上小心啊。」

阿環和朝子一齊在他背後發出聲音清亮的叮嚀。

「梅乾」的庄治和須江最近卻整天都沒精打采的。自從那件事結束後，石澤一次也沒來過，鹽子也很少出現在他們店裡。這次事件最受傷的，或許是庄治和須江呢。

兼子的晨間時光又恢復了往日的模樣。每天早上送走丈夫和孩子之後，她便專心投入瑜珈練習。門外傳來送貨小弟的呼叫時，她仍像從前一樣，慌張又匆忙地朝門口奔去。唯一跟從前不同的是，阿環的臉孔偶爾會突然浮現在她腦中。

——那傢伙在她丈夫面前，有沒有留意自己的穿著和打扮啊？

修司辦公室的同事去新婚旅行回來了。

修司收下兩人帶來的伴手禮，興高采烈地向他們道謝說：「哎呀！謝謝。新婚的感覺畢竟不同唷。你們好像全身都在閃閃發光呢。」

說著，修司瞥了睦子一眼。睦子一副置身事外的樣子繼續打字。

修司轉動視線，來回打量睦子後頸的毛髮和胸前，然後嘆了口氣。

——仗打完了，太陽也下山了……

平和的氣氛雖然重新返回日常生活當中，但修司常常莫名其妙地覺得很沒勁，就好像原本吹得很鼓的氣球洩了氣似的。

——是因為不能再跟那傢伙見面的緣故嗎？

想到這兒，修司腦中突然映出石澤的臉孔。

鹽子的不倫事件結束後，不知過了多久……

一天，在黃昏街頭的紛沓中，修司和石澤很偶然地碰面了。剛好是在十字路口中央，兩人都不約而同停下腳步，心中湧起無限懷念。

他們倆同時伸出手，想跟對方握一握，卻又立即驚覺地收回了手。兩人臉上都浮起一種複雜又羞怯的笑容，收回的手又做出同樣的動作，向對方搖一搖，好像打招呼說：「嗨！」然後，他們便朝著相反的方向分別前進。

走了幾步，修司回過頭，石澤的身影已被蜂擁而至的人群擋住，看不見了

石澤走了兩、三步之後，也停下腳步尋找修司的身影，但卻沒有找到。

——乃木將軍跟斯特賽爾是不可以相見的……

兩人都在心底勸慰著自己。於是，他們又轉過身，像要揮去這段感情似的，邁開步伐前進。

——但我這種孤寂的感覺又是怎麼回事呢？

修司暗自納悶。

石澤也在思索著相同的問題。

黃昏的陽光十分黯淡，兩人的身影被人潮吞沒後，愈來愈小，然後變成米粒般的黑點，終於消失了。

國家圖書館出版品預行編目資料

宛如蛇蠍（向田邦子凝視愛與欲之書・生前最後一年問世作品・繁體中文版首度登場）／向田邦子著；章蓓蕾譯. -- 初版. -- 臺北市：麥田，城邦文化出版：家庭傳媒城邦分公司發行，2020.07
面； 公分. --（和風文庫；21）
譯自：蛇蝎のごとく
ISBN 978-986-344-773-3（平裝）
861.57　　109005745

和風文庫 21

宛如蛇蠍（向田邦子凝視愛與欲之書・生前最後一年問世作品・繁體中文版首度登場）

作　　者　向田邦子
譯　　者　章蓓蕾
封面設計　蕭旭芳
責任編輯　李培瑜

國際版權　吳玲緯
行　　銷　巫維珍　何維民　蘇莞婷
業　　務　李再星　陳紫晴　陳美燕　馮逸華
副總編輯　巫維珍
編輯總監　劉麗真
總 經 理　陳逸瑛
發 行 人　凃玉雲
出　　版　麥田出版
　　　　　地址：10483台北市民生東路二段141號5樓
　　　　　電話：(02)2500-7696　傳真：(02)2500-1967
發　　行　英屬蓋曼群島商家庭傳媒股份有限公司　城邦分公司
　　　　　地址：10483台北市民生東路二段141號11樓
　　　　　網址：http://www.cite.com.tw
　　　　　客服專線：(02)2500-7718；2500-7719
　　　　　24小時傳真專線：(02)2500-1990；2500-1991
　　　　　服務時間：週一至週五09:30-12:00；13:30-17:00
　　　　　劃撥帳號：19863813　戶名：書虫股份有限公司
　　　　　讀者服務信箱：service@readingclub.com.tw
香港發行所　城邦（香港）出版集團有限公司
　　　　　地址：香港灣仔駱克道193號東超商業中心1/F
　　　　　電話：+852-2508-6231　傳真：+852-2578-9337
馬新發行所　城邦（馬新）出版集團 Cite (M) Sdn Bhd.
　　　　　地址：41-3, Jalan Radin Anum, Bandar Baru Sri Petaling, 57000 Kuala Lumpur, Malaysia.
　　　　　電話：+603-9056-3833　傳真：+603-9057-6622
　　　　　讀者服務信箱：services@cite.my
麥田部落格　http://ryefield.pixnet.net
印　　刷　中原造像股份有限公司
初版一刷　2020年7月
售　　價　320元
ISBN：978-986-344-773-3

城邦讀書花園　Printed in Taiwan
www.cite.com.tw　本書如有缺頁、破損、裝訂錯誤，請寄回更換